AF472514

(N° 36.)

Chambre des Députés.

SESSION 1841.

RAPPORT

FAIT

*Au nom de la Commission * chargée de l'examen du projet de loi tendant à ouvrir un Crédit de 140 millions pour les fortifications de la ville de Paris,*

PAR M. THIERS,

Député des Bouches-du-Rhône.

Séance du 13 Janvier 1841.

MESSIEURS,

La Commission que vous avez chargée d'examiner le projet de loi sur les fortifications de Paris a mis tous ses soins à remplir dignement la tâche que vous lui avez imposée. Elle s'est efforcée d'en-

* Cette Commission est composée de MM. Billaut, le général Bugeaud, le comte Mathieu de la Redorte, Allard, Liadières, le général Doguerau, Odilon-Barrot, Bertin, Thiers.

visager la grave question que ce projet de loi soulève sous tous ses rapports possibles; elle espère n'en avoir négligé aucun. Je viens, en son nom, vous présenter les résultats du travail auquel elle s'est livrée.

Je suis autorisé à vous dire que les principaux de ces résultats ont été adoptés à l'unanimité. Les modifications apportées au projet de loi l'ont été d'accord avec le Gouvernement. Tous les sacrifices de vues compatibles avec la conviction de chacun, ont été faits pour amener cet accord. Nous sommes heureux de l'avoir obtenu, et de pouvoir ainsi donner une plus grande autorité à une proposition éminemment nationale, devant laquelle s'effaceront, il faut l'espérer, les divergences d'opinions et les divisions de parti.

Nous vous devons un mot sur la méthode d'examen que nous avons employée pour traiter cette question. Tous les jours vous avez à résoudre, quand il s'agit ou de travaux civils ou de travaux militaires, des questions toutes spéciales que des ingénieurs sembleraient seuls pouvoir traiter devant une assemblée d'ingénieurs. Cependant il faut juger vous-mêmes. Comment faites-vous? Vous appliquez à ces questions spéciales les lumières du bon sens; vous saisissez les raisons principales, décisives, et vous votez d'après elles.

C'est ce que nous avons fait ici. Nous avons entendu les hommes spéciaux avec une religieuse attention, et puis nous nous sommes décidés, comme le doivent faire des hommes politiques, par les raisons générales et saillantes qui sont saisissables pour toutes les intelligences. C'est le résultat de ce travail que nous vous apportons.

La proposition de fortifier Paris n'est pas une question de circonstance, car, il y a un siècle et demi, Vauban en conçut la pensée ; il y a un quart de siècle, cette pensée occupa le génie de Napoléon. Si donc nous délibérons aujourd'hui sur ce grave sujet, nous pouvons nous dire que nous ne cédons pas à un entraînement du moment. Loin de là ! nous revenons aux pensées recommandées à notre attention par les plus grands hommes de notre patrie. Nous pouvons aussi nous dire que nous ne cédons pas à un mouvement de crainte peu avouable au monde ; car c'est au milieu même des prospérités de Louis XIV que Vauban imagina de fortifier Paris; car c'est au retour de la grande campagne d'Austerlitz que Napoléon y pensa pour la première fois.

Permettez-nous de vous exposer en peu de mots comment cette pensée prit naissance dans ces puissants esprits. Vauban, grand politique, grand administrateur autant que grand homme de guerre, avait employé sa vie entière à créer une frontière à la France, et, bien que de son temps les guerres d'invasion n'eussent pas encore effrayé le monde, il lui fut facile d'apercevoir que cette puissante monarchie de Louis XIV, qui avait excité les jalousies de l'Europe entière, et qui avait à combattre en même temps l'Angleterre, la maison d'Autriche, la maison d'Espagne et la plus grande partie de l'Allemagne, pourrait un jour être attaquée au cœur.

« La prise de Paris, disait-il, serait un des malheurs les plus grands qui pût arriver à ce royaume, et duquel il ne se relèverait de longtemps, peut-être jamais. »

Ainsi, Vauban, qui avait créé toutes nos places de la frontière, qui était l'auteur de cette puissante ceinture, jugea lui-même qu'elle n'était pas suffisante et qu'il fallait couvrir la capitale. Il y pensa bien souvent.

« J'avoue, dit-il, dans le noble et simple lan-
» gage de son temps, j'avoue que le zèle de la pa-
» trie et la forte inclination que j'ai eue toute ma
» vie pour le service du Roi et le bien de l'État, m'y
» ont fait souvent songer, mais il ne m'a point
» paru de jour propre à faire de pareilles ouvertu-
» res. »

Vauban raconte ensuite que le grand nombre d'ouvrages militaires, de palais royaux construits par Louis XIV, que les prospérités de son règne, enfin, « ont détourné toutes les vues qui auraient » pu, dit-il, se diriger de ce côté-là; » mais que cette pensée est si souvent revenue à son esprit, qu'il l'a jugée digne d'une très-sérieuse attention, et qu'il a cru devoir l'écrire, « espérant, ajoute-
» t-il, qu'il se trouvera un jour quelque personne
» autorisée, qui, lisant ce mémoire, y pourra faire
» réflexion, et que poussé par la tendresse natu-
» relle que tout homme de bien doit avoir pour sa
» patrie, il en parlera, et peut-être en proposera-
» t-il l'exécution, qui, bien que difficile et de
» grande dépense, ne serait nullement impossi-
» ble, étant bien conduite. »

Voilà, Messieurs, comment s'exprimait ce grand homme; et je vous ai cité ses propres paroles, parce qu'il me semble qu'elles sont faites pour remuer le cœur de tout bon citoyen, et pour nous arracher aux distractions qui, depuis un siècle et demi, nous ont fait négliger ce grand intérêt national.

Pendant tout le dix-huitième siècle, la guerre de la succession d'Autriche, la guerre de sept ans, guerres mal conçues, mal conduites, mais où nous étions coalisés avec presque toute l'Europe, tantôt contre Marie-Thérèse, tantôt contre Frédéric-le-Grand, ne pouvaient guère nous inspirer d'inquiétude pour la capitale. La guerre d'Amérique, plus heureuse que les précédentes, et d'ailleurs toute maritime, était moins propre encore à fixer nos regards sur l'intérieur du royaume. Mais, dès que la révolution de 89, nous plaçant en contradiction avec l'Europe entière, fit naître à la fois une guerre de principe et de conquête, on songea à fortifier Paris : on y songea comme toujours, mal et trop tard. On éleva quelques retranchements en terre, dont quelques uns existent encore ; mais l'insuffisance de ces ouvrages, pour rassurer la capitale, faillit amener de grands malheurs.

L'armée française avait pris une forte position sur la frontière du Nord. Elle fut tournée par les Prussiens. Le général Dumouriez, qui la commandait, ne s'en alarma point, et voulut tenir dans cette position, certain que les Prussiens n'oseraient pas marcher sur Paris sans avoir battu l'armée française. Il suffisait donc de ne pas s'émouvoir et de tenir ferme où l'on était. Mais Paris était découvert, Paris était dans les alarmes, et l'on donna au général français l'ordre de quitter sa position. Il n'en fit rien heureusement ! car il eût perdu son armée, et n'aurait point sauvé la capitale. Si Paris eût été fortifié, cet ordre, qui pouvait être fatal, n'aurait jamais été donné.

Bientôt la Révolution fut victorieuse, et l'on ne songea plus à fortifier Paris.

Napoléon vint, qui promena ses aigles victorieuses de Vienne à Berlin, à Madrid. On croit généralement que c'est en 1814 seulement, quand les illusions de la prospérité s'évanouirent, qu'il songea à défendre sa capitale : c'est une erreur. Il y pensa en 1806, lorsqu'après avoir enlevé, à Ulm, la moitié de l'armée autrichienne, il volait sur Vienne. Si cette capitale eût été défendue, le sort de la guerre était changé. Napoléon le craignit un instant; mais Vienne était restée ouverte, et il put la traverser en courant pour achever la guerre à Austerlitz.

Cette grande circonstance de sa carrière lui fit faire un retour sur lui-même. Il songea au danger de laisser les capitales ouvertes, et s'occupa de fortifier les environs de Paris. Il fit rédiger des projets; mais il dit lui-même, tome IX, page 38 de ses précieux Mémoires, que « la crainte d'inquiéter les » habitants, et l'incroyable rapidité des événe» ments, l'empêchèrent de donner suite à cette » grande pensée. »

Il laissa passer ainsi les temps de la prospérité, qui passent si vite, et, en 1814, lorsque seul, avec une poignée d'hommes, il défendait le sol de la France épuisée, il y pensa, mais il était trop tard.

On a beaucoup admiré, Messieurs, les efforts qu'il fit à cette époque pour défendre notre sol envahi. Ils sont admirables, en effet; mais le spectacle en est douloureux; car, sans cesse on y voit la France sauvée, si Paris avait été défendu; et la France perdue, parce que Paris était resté découvert. Placé entre deux armées qui marchaient toutes deux sur la capitale, Napoléon se jetait d'abord sur l'une et la battait à outrance. Mais, tandis qu'il battait l'une, l'autre marchait sur Paris. Il revenait sur celle-ci pour préserver Paris : il la repoussait; mais la première revenait de nouveau, et il était obligé de s'arrêter pour retourner à elle et couvrir encore la capitale. Ainsi, Napoléon, jamais libre de ses mouvements parce que Paris était ouvert, Napoléon ne put jamais achever aucune de ses victoires; et lorsque épuisé dans cette lutte inégale, il eût la pensée de courir à la frontière pour y ramener l'ennemi à sa suite, il eût peut-être réussi dans cette manœuvre extraordinaire; mais, cette fois encore, il aurait fallu que Paris pût tenir dix jours. Paris ne le pouvait pas, et ce fut une raison de le rendre, pour ces hommes qui ne surent pas ajouter dix jours de dévoûment à vingt-cinq ans de combats héroïques.

La France succomba avec la capitale; et, ce jour-là, Napoléon dut bien regretter ces grandes pensées, conçues au retour d'Austerlitz, et emportées par le torrent de la prospérité.

La leçon des événements est telle, Messieurs, que nous serions impardonnables si nous ne profitions pas de la durée de la paix, durée inconnue à tout le monde, pour nous occuper enfin d'un intérêt national, signalé à notre attention par de si grands événements et de si grands esprits.

Mais, à l'instant où l'on se pose à soi-même cette grande question de savoir s'il faut fortifier Paris, on voit de cette question surgir une foule d'autres.

D'abord la situation dans laquelle on peut supposer Paris en péril, n'est-elle pas une situation extraordinaire, qui ne peut plus se reproduire, pas plus que la Révolution qui lui donna naissance?

En supposant que cette situation pût exister encore, doit-on défendre les capitales, et en particulier celle de la France?

Doit-on défendre Paris par des manœuvres d'armées, des ouvrages de campagne, ou des ouvrages de fortification permanente ?

Si on aboutissait au projet de défendre Paris au moyen de fortifications permanentes, peut-on espérer d'armer, de nourrir cette immense population parisienne? peut-on se promettre de lui donner le courage, le sang-froid nécessaire pour supporter les tourments d'un siége ?

Si cela est admissible, un tel ouvrage ne dépasse-t-il point, par son immensité, par sa dépense, les moyens financiers du plus grand peuple ?

Enfin, les ouvrages à construire n'ont-ils pas, pour l'ordre ou pour la liberté du pays, de graves inconvénients? Faut-il, en un mot, une enceinte continue ou de simples ouvrages extérieurs ?

Nous venons, Messieurs, répondre à tous ces doutes par une affirmation, non pas dogmatique, mais raisonnée et unanime.

Nous commençons par la première question :

La situation dans laquelle Paris peut être menacé doit-elle raisonnablement s'imaginer aujourd'hui ?

A ce sujet, nous ferons tout de suite une réflexion. Le premier homme qui ait songé à fortifier Paris d'une manière régulière, c'est Vauban. Certes, la France alors n'était pas en révolution ; mais il lui arrivait ce qui lui était arrivé déjà bien des fois : elle avait excité les jalousies de l'Europe entière, et elle avait eu sur les bras l'Angleterre, l'Allemagne, l'Autriche, l'Espagne. Il n'y manquait que la Russie qui, alors, ne comptait pas encore. On peut donc, sans être réduit à imaginer une situation révolutionnaire, se figurer la France placée en présence d'une immense coalition. Cela est arrivé au grand Frédéric, luttant, presque seul, contre le continent. Cela est arrivé un peu auparavant à Marie-Thérèse. Cela peut arriver à quiconque est grand, et veut ne pas cesser de l'être.

Depuis cinquante années, notamment, cette situation n'a pas cessé d'être celle de la France. En 1792, en 1798, en 1805, en 1809, en 1813, en 1815, six grandes coalitions se sont formées contre elle. On a cherché à expliquer ces grands faits par les alarmes que la France excitait en Europe, tantôt par ses principes, tantôt par ses conquêtes. L'histoire impartiale approfondira les causes de ces immenses événements. Mais qu'importent les causes? Les événements en subsistent-ils moins? et doivent-ils exciter moins fortement notre prévoyance?

Cet état d'antagonisme a cessé un instant sous la Restauration, parce que l'Europe a espéré alors que la branche aînée de la maison de Bourbon contiendrait les élans de la révolution; parce qu'elle a espéré aussi que cette branche aînée, transportée de l'exil sur le trône, ne songerait pas à recouvrer ce que la France avait perdu. Mais, en 1830, la révolution a surgi de nouveau; elle a renversé la dynastie chargée de la contenir et s'est donné à elle-même un gouvernement de son choix.

Depuis dix années, qu'a fait ce Gouvernement qui pût justifier les hostilités patentes ou cachées de l'Europe? Il a admis tous les traités existants, il n'a favorisé nulle part les tentatives de propagande. Quand il a donné asyle aux réfugiés de tous les pays, il l'a fait à la condition de ne point troubler leur propre Gouvernement. Au dedans, il a maintenu l'ordre, et n'a donné aucun des spectacles reprochés à la révolution de 1789. En un mot, a-t-il été perturbateur ou ambitieux?

Assurément non. Et cependant en ce moment il est seul encore en Europe, comme au temps des coalitions de 1792 et de 1813!

Faut-il s'irriter d'un tel état de choses, et, pour en sortir, troubler spontanément le repos du monde? Nous sommes loin de le croire; mais il faut le voir avec fermeté, avec sang-froid. Il faut examiner au juste les forces de la France; les organiser, non pas extraordinairement, et pour un jour, mais sérieusement, d'une manière durable, et qui s'accorde avec nos ressources financières. Quand cela sera fait, sans intention provocatrice, sans menace, soyez assurés que vous aurez pris le seul moyen de modifier la situation morale et politique du monde à votre égard.

La situation dans laquelle il importerait que Paris fût fortifié n'a donc rien de chimérique: il n'y a rien d'extraordinaire à la prévoir, rien même de dangereux, si on le fait avec calme, sans menace pour personne.

Cette question est une de celles qui s'élèvent naturellement lorsqu'on s'occupe d'organiser d'une manière solide et durable la force publique en France. Permettez-nous, Messieurs, quelques mots sur l'ensemble de cette force, sur l'étendue, la consistance qu'on peut lui donner dans notre pays. Nous sommes persuadés qu'en s'y prenant avec suite et avec ordre, la France pourrait être aussi puissante qu'elle l'a jamais été.

Pendant notre première révolution, la France a tenu tête à l'Europe entière avec moins de moyens qu'elle n'en a aujourd'hui. Elle avait à peine vingt-cinq millions de population, des finances en désordre, un papier-monnaie discrédité, des propriétés nationales dont personne n'osait se faire acquéreur, une moitié de sa population insurgée contre l'autre. On a dit qu'elle suppléa à tout ce qui lui manquait avec l'enthousiasme et les moyens révolutionnaires.

Sans doute l'enthousiasme est une noble puissance; mais en aucun temps la France n'en manquera, quand un Gouvernement énergique lui montrera un noble but, et y marchera lui-même. Quant à ce qu'on appelle les moyens révolutionnaires, permettez-nous de vous dire un mot à ce sujet.

On a voulu y voir le secret d'une grande force, et on commet, tous les jours, à cet égard, une erreur qui pourrait devenir funeste. Savez-vous ce que signifiaient ces moyens? Une chose : c'est que rien n'étant préparé à l'avance, il fallait pourvoir à tout à la hâte, avec précipitation, souvent avec violence. Des hommes d'un patriotisme énergique, qui voulaient se hâter de créer des moyens de résistance contre l'étranger, et qui n'avaient à leur disposition ni cette habile et puissante centralisation que nous avons aujourd'hui; qui n'avaient ni cadres longuement préparés, ni lois de recrutement entrées dans les habitudes, ni canons, ni fusils dans les magasins de l'État; ces hommes cherchaient à y suppléer avec des levées en masse, des réquisitions, du papier-monnaie; et quand la société ainsi violentée résistait, ils lui répondaient par la terreur.

Ayez un matériel longtemps accumulé à l'avance, des cadres bien organisés, une armée toujours préparée à passer du pied de paix au pied de guerre, une réserve prête à la suivre, des gardes nationales disposées à donner à l'armée l'appui de la portion jeune et valide de la population, enfin des travaux considérables sur le sol : ayez tout cela, et vous n'aurez à regretter la puissance d'aucune époque.

Mais, tout cela, il faut le préparer d'avance. Quand cela n'est pas prêt, il faut l'improviser : on le fait mal ; on le fait insuffisamment ; on le fait tyranniquement.

Mais de toutes les choses qui exigent de la prévoyance et du temps, il n'y en a aucune qui en exige autant que les ouvrages de fortification.

On fabrique des fusils, on fond des canons, on instruit des conscrits plus vite qu'on ne construit des murailles.

Les temps de repos sont souvent des temps de paradoxe. On a tout nié et tout affirmé dans l'époque où nous vivons : on a contesté l'utilité des places fortes, et, à l'appui de cette opinion, on a allégué l'exemple de Napoléon, qui, dans ses rapides mouvements, n'en avait tenu aucun compte et ne s'était jamais arrêté devant elles. Il s'est chargé lui-même de la réponse, en soutenant que les places construites par Vauban avaient sauvé la France en 1792, qu'elles avaient ralenti l'invasion en 1814, qu'elles avaient même influé sur les traités de 1815, et avaient contribué à les rendre moins malheureux.

Mais ce qu'ont dit les détracteurs des places fortes n'a qu'une valeur, une seule, la voici : c'est que les places fortes construites à la frontière d'un État ne suffisent plus, et qu'il en faut à l'intérieur, pour que, si la ceinture est percée, l'intérieur puisse se défendre.

Si, en effet, nos forteresses en 1792 ont ralenti l'invasion et donné à la France le temps de s'organiser; si, en 1814, elles ont coûté à l'ennemi des lenteurs et de nombreux détachements; si elles ont diminué d'un quart les armées qui ont marché sur Paris, toutefois, elles n'ont pas suffi, car notre capitale, restée ouverte, a fini par être envahie.

Que faut-il conclure de là? — C'est que, si les places fortes à la frontière sont utiles, indispensables même, cependant elles ne suffisent pas; il faut, en outre, des points retranchés à l'intérieur.

Quels sont ces points? — Ils sont indiqués par le but même que se proposent les grandes guerres d'invasion. Ce but étant les capitales, ce sont les capitales qu'il faut défendre.

Nous venons, Messieurs, de prononcer le mot de guerre d'invasion. C'est surtout depuis un demi-siècle qu'elles sont venues effrayer le monde, et donner à tous les peuples d'utiles et redoutables leçons. Autrefois, sous Louis XIV, on fondait sur un article de testament, sur un contrat de mariage, le motif d'une guerre, et on faisait souvent tout une campagne autour d'une place. Nous avons vu la guerre, Messieurs, marcher plus vite de nos jours; nous l'avons vue se promener d'un bout du monde à l'autre avec une rapidité inouïe, et bouleverser en quelques années toutes les frontières de tous les États. Deux causes ont contribué à cela. Les armées ont acquis une mobilité qu'elles n'avaient point, leur matériel a été allégé, les routes se sont multipliées, on a appris à se passer de beaucoup de choses en campagne, et l'on a ainsi acquis le moyen de franchir de vastes espaces avec une rapidité singulière. A côté de cela, la politique n'a plus respecté la limite des États. Vers le milieu du dix-huitième siècle, Frédéric, le jour où il monte sur le trône, prend la Silésie ; un autre jour la Russie, l'Autriche et la Prusse se partagent la Pologne. La Révolution française, animée d'une double passion, celle de la liberté et celle de la grandeur nationale, fait tous ses efforts pour rétablir au profit de la France l'équilibre européen détruit; et dans ce vaste conflit, toutes les anciennes limites des États se trouvent oubliées, confondues. L'Europe est défaite et refaite quatre ou cinq fois en vingt années.

Ainsi, Messieurs, grâce à la mobilité plus grande imprimée aux armées, grâce au mépris de toutes les nationalités, la guerre, depuis cinquante ans, a pris un caractère de rapidité, d'étendue, qui a dû donner à penser à tous les peuples jaloux de leur indépendance.

Cet état de choses a fait naître une habitude d'esprit chez tous les militaires et dans tous les états-majors de l'Europe : on ne songe plus qu'à marcher, comme Napoléon, droit au but, c'est-à-dire à la capitale de l'État qu'on attaque. On s'est habitué à penser que cette rapidité d'opérations, si elle sacrifie en apparence beaucoup d'hommes et beaucoup de matériel, a cependant un avantage, c'est, en allant vite, d'être en définitive plus économe de sang et d'or que la guerre lente et méthodique de l'ancienne Europe.

Je ne sais à qui la destinée réserve de donner ou de souffrir de tels exemples. Je crois qu'il y aura de cruels mécomptes, car ces rapides invasions exigent de grands génies, qui sachent calculer le temps et les distances avec une justesse extraordinaire.

Quand des généraux de second ou de troisième ordre se permettront ces imitations ambitieuses, ils pourront être corrigés par la fortune de leurs témérités.

Quoi qu'il en soit, ce nouveau système de marches rapides tend surtout vers les capitales. La nôtre est dans une situation géographique digne d'être prise en grande considération.

Tandis que, pour marcher sur Berlin, il faut faire, en partant de notre frontière, cent quatre-vingt-deux lieues, passer le Rhin, le Weser, l'Elbe, franchir des places, telles que Luxembourg, Mayence, Ehrenbreitstein, Magdebourg; tandis qu'il faut faire, en partant de notre frontière, deux cent seize lieues pour aller à Vienne, franchir le Rhin, le Danube, le Lech, l'Inn, une foule de places, et Ulm, que la Confédération germanique va convertir en place de premier ordre : au contraire, pour venir à Paris, que faut-il? Il faut faire soixante lieues à peine, à partir de la frontière du nord; on n'a aucun grand fleuve à passer; à peine quelques cours d'eau de médiocre importance, comme la Marne ou la Seine.

A cette circonstance géographique s'en joint une autre toute politique; la Prusse, l'Espagne, l'Autriche, l'Angleterre même, ne sont pas unes, comme la France. Notre beau pays a un immense avantage : il est un. Jamais, dans aucun temps, un aussi vaste royaume n'a présenté, sous tous les rapports, une unité si compacte. Trente-quatre millions d'hommes sur un sol de moyenne étendue, y vivent d'une même vie, y sentent, y pensent, y disent la même chose presqu'au même instant. Grâce surtout à des institutions qui portent la parole, en quelques heures, d'un bout de la France à l'autre; grâce à des moyens administratifs qui portent, en quelques minutes, un ordre aux extrémités du sol, ce grand tout pense et se meut comme un seul homme. Il doit à cet ensemble une force que n'ont pas des Empires beaucoup plus considérables, mais qui sont privés de cette prodigieuse simultanéité d'action. Mais il n'a ces avantages qu'à la condition d'un centre unique d'où part l'impulsion commune, et qui meut tout l'ensemble. C'est Paris qui parle par la presse, qui commande par le télégraphe. Frappez ce centre, et la France est, comme un homme, frappée à la tête.

Mais ce Paris, cette tête de la France, qui répand sur l'Europe ce torrent de pensées nouvelles, exprimées en un langage entendu de tous les peuples; ce Paris qui remue le monde, ce Paris placé tout près de la frontière, il suffit de faire quelques marches pour le frapper.

Eh bien! que devons-nous faire dans une situation semblable? Ce Paris qu'on peut frapper, il faut le couvrir; ce but que se proposent les grandes guerres d'invasion, il faut le leur enlever, en le mettant à l'abri de leurs coups. En supprimant le but, vous ferez tomber toutes les combinaisons qui tendent vers lui. En un mot, fortifiez la capitale, et vous apportez une modification immense à la guerre, à la politique; vous rendez impraticables les guerres d'invasion, c'est-à-dire les guerres de principe.

Cela est de nature à frapper les esprits les plus simples, et il ne faut pas de grandes démonstrations pour le rendre plus évident. Mais si, en cette matière, on peut joindre la raison des autorités, quelle autorité plus grande pouvez-vous désirer que celle de l'homme qui a été le moteur, l'inventeur, pour ainsi dire, de ce système de guerre, prompt, rapide, qui va droit au but, c'est-à-dire aux capitales? Quelle autorité plus grande pouvez-vous avoir que celle de Napoléon lui-même, vous disant, du fond de sa retraite, que si Vienne, si Berlin, si Madrid avaient été fortifiés, il aurait échoué dans ses plus grandes campagnes d'Autriche, de Prusse et d'Espagne?

Je craindrais, Messieurs, d'affaiblir son simple et puissant langage en voulant l'analyser : je vous le cite textuellement.

Après avoir dit que les grandes capitales de l'Europe ont été fortifiées, qu'elles devraient l'être encore, que Lyon et Paris devraient être des places fortes, il ajoute les phrases suivantes, qu'on trouvera dans ses Mémoires, aux pages 34 et 35 :

« Si, en 1805, Vienne eût été fortifiée, la bataille d'Ulm n'eût pas décidé de l'issue de la
» guerre, le corps d'armée que commandait le général Kutusow y aurait attendu les autres corps
» de l'armée russe, déjà arrivés à Olmutz, et l'armée du prince Charles arrivant d'Italie. En 1809,
» le prince Charles, qui avait été battu à Eckmühl
» et obligé de faire sa retraite par la rive gauche
» du Danube, aurait eu le temps d'arriver à Vienne

» et de s'y réunir avec le corps du général Hiller et » l'armée de l'archiduc Jean.

» Si Berlin avait été fortifiée en 1806, l'armée » battue à Iéna s'y fût ralliée, et l'armée russe l'y » eût rejointe.

» Si, en 1808, Madrid avait été une place forte, » l'armée française, après les victoires d'Espinosa, » de Tudella, de Burgos et de Sommo-Sierra, n'eût » pas marché sur cette capitale, en laissant der» rière Salamanque et Valladolid l'armée anglaise » du général Moore et l'armée espagnole de la Ro» mana, ces deux armées anglo-espagnoles se fus» sent réunies sous les fortifications de Madrid à » l'armée d'Aragon et de Valence. » (*Mémoires de Napoléon*, tome IX, pages 34 et 35.)

Napoléon cite encore, et il a renouvelé plusieurs fois cette citation, il cite Moscou. Moscou était un immense magasin de ressources de toute espèce, qui lui aurait permis de vivre tout un hiver en Russie, comme il avait vécu tout un hiver en Pologne en 1807. Les Russes conçurent le projet patriotique et barbare de brûler Moscou, pour priver Napoléon de toutes ses ressources. Mais si Moscou avait pu résister, les Russes n'auraient pas été réduits à le livrer aux flammes.

Voilà donc Napoléon déclarant qu'il n'aurait pas pu pénétrer dans les plus grandes capitales étrangères, ou que ses plus vastes plans auraient été en défaut s'il avait trouvé ces capitales défendues.

Quant à Paris, nous vous avons déjà cité l'exemple de 1792 et de 1814.

En 1792, avons-nous dit, le danger que courait Paris ouvert fit donner au général Dumouriez un ordre qui, s'il eût été exécuté, aurait peut-être amené la ruine de l'armée française.

En 1814, Napoléon, toujours inquiet pour Paris, parce que Paris n'était pas défendu, ne put jamais manœuvrer en liberté, ne put jamais achever aucun de ses mouvements, et finit par succomber.

Que peut-on citer de plus concluant, de plus décisif?

Dans notre désir de réunir tous les éléments qui peuvent servir à résoudre cette grande question, nous avons écouté et lu avec une scrupuleuse attention tout ce qu'ont écrit ou dit les hommes compétents en cette matière.

Certains d'entre eux prétendent qu'il ne faut pas se cacher derrière des murailles, mais qu'il faut défendre la France et Paris en rase campagne, en faisant, en un mot, ce qu'ils appellent des manœuvres. Ils ont dit qu'il fallait, comme l'armée française en 1792, prendre une position à la frontière et attendre; ou bien se jeter soit sur les derrières, soit sur les flancs de l'ennemi qui marcherait sur Paris. C'est aux militaires à décider ces questions. Mais en apportant dans cet examen les simples lumières du bon sens, une considération nous a frappés et convaincus.

Il faut des manœuvres, dit-on, soit! Mais apparemment, en fait de manœuvres, de mouvements habiles à exécuter contre un ennemi qui pénètre sur le territoire, on ne trouvera pas mieux que Napoléon. Eh bien! Napoléon eut toujours à regretter, pour le succès de ses manœuvres, que Paris ne fût pas défendu. Soit qu'il se portât à droite, à gauche, en arrière, en avant, Paris découvert lui ôta toujours toute liberté d'action, et finit par faire échouer sa merveilleuse campagne de 1814.

Que faut-il conclure de là, en ne consultant que le simple bon sens? C'est que, en supposant qu'on ait des généraux habiles et des armées capables de tenir encore la campagne, il faut à la fois des manœuvres et des fortifications; des manœuvres pour éloigner l'ennemi, des fortifications pour rendre ces manœuvres libres et sûres.

Concluons enfin qu'il faut non pas l'une ou l'autre de ces deux choses, mais l'une et l'autre. Concluons qu'il faut à la fois des armées capables de tenir la campagne, et des murailles qui, leur ôtant toute inquiétude pour l'objet qu'elles ont à couvrir, leur rendent toute la liberté de leurs mouvements.

Ainsi donc, Messieurs, la situation du monde, les événements anciens et récents de notre histoire, l'autorité des deux plus grands juges qu'on puisse invoquer, Vauban et Napoléon, tout nous commande de fortifier Paris.

Restent, il est vrai, de grandes questions à résoudre. Comment, par quel procédé fortifier cette vaste cité?

Nous avons entendu dire que sans doute il fallait mettre Paris à couvert contre un coup de main, et que, pour cela, il suffisait de quelques ouvrages de campagne rapidement construits au moment du danger; nous avons même entendu dire que Napoléon, en 1815, n'ordonna pas autre chose au général Haxo.

Il faut répondre à ces assertions.

Napoléon, en 1815, ordonna des travaux de campagne, de simples retranchements en terre, parce qu'il n'avait pas le temps de faire davantage en trois mois. Mais lorsque, bien avant cette époque, c'est-à-dire au retour d'Austerlitz, il ordonna qu'on rédigeât des projets, il entendait bien faire des ouvrages de fortification permanente; car on ne s'y prend pas des années à l'avance, on ne rédige pas des projets, tout cela en pleine paix, pour de simples travaux de campagne. Au reste, Napoléon a levé tous les doutes à cet égard, car à la page 38 du tome IX déjà cité de ses Mémoires, énumérant les difficultés d'un tel ouvrage, pour montrer qu'elles ne doivent pas arrêter, il emploie ces propres paroles :

« Il vous faudra quatre-vingts ou cent fronts, cin-
» quante à soixante mille soldats de garnison, huit
» cents ou mille pièces d'artillerie en batterie... »

Napoléon ne songeait donc pas à de simples ouvrages en terre, mais à des ouvrages de fortification permanente ; car le mot *front*, employé comme il l'est ici, ne saurait s'appliquer qu'à la fortification régulière.

Mais les raisons les plus décisives repoussent une si faible manière de couvrir Paris.

Que veut-on quand on songe à rendre impossibles les grandes invasions ? On veut créer des conditions nouvelles qui ne permettent pas à une armée envahissante, quelque forte, quelque brave qu'elle soit, d'emporter Paris. Or, des redoutes en terre, on les enlève de vive force : les Français en ont trouvé les Alpes et le Tyrol hérissés ; ils les ont enlevées en courant.

En 1831, les Russes en ont trouvé de formidables à Varsovie : ils ont essuyé des pertes considérables et ils les ont forcées.

Des positions retranchées peuvent être plus ou moins difficiles à enlever ; mais cela se tente avec de l'artillerie de campagne et des baïonnettes, et cela réussit si on ne craint pas les pertes d'hommes. Or, quand le prix d'une attaque sera Paris, on ne craindra pas de faire tuer des soldats. C'est, en un mot, une bataille à livrer à un ennemi appuyé sur des ouvrages de campagne; mais une bataille, c'est un hasard. Or, que voulez-vous en mettant Paris en état de défense? Vous voulez le soustraire au hasard des batailles.

Au contraire, supposez Paris défendu par des ouvrages permanents, par des murailles, les conditions de la guerre changent aussitôt : ce n'est plus une bataille, c'est un siége. Or, une armée, quelque grande et brave qu'elle soit, ne peut pas faire un siége avec ses moyens ordinaires, parce qu'il faut un matériel spécial, parce qu'il faut une artillerie qu'on ne traîne point en campagne, qu'on porte difficilement avec soi dans son propre pays, qu'on ne peut porter avec soi en pays ennemi, à moins de s'en être absolument rendu maître par plusieurs campagnes heureuses; parce qu'enfin il faut séjourner devant une place forte un nombre de jours tel, qu'une grande armée ne le peut pas faute de vivres, faute de munitions, faute de ressources de toute espèce.

Alors, les difficultés sont si grandes, qu'on peut les regarder comme des impossibilités et qu'on y renonce. Alors, on peut dire que les conditions de la guerre sont véritablement changées.

C'est par ces motifs, Messieurs, que la Commission, après avoir entendu tous les hommes compétents, a posé ce principe : qu'il fallait que Paris fût couvert par des ouvrages de fortification permanente. Car, à cette condition seule, une sorte d'impossibilité naissait pour l'invasion. Paris rendu capable de résister à une attaque en règle, Paris était à tout jamais délivré des dangers et des terreurs d'un siége.

Il est vrai que cette impossibilité que nous voulons créer contre l'ennemi extérieur, on nous l'oppose à nous-mêmes. On nous dit que, s'il est impossible que l'ennemi puisse prendre Paris devenu place forte, il y a quelque chose de plus impossible, c'est que Paris devienne place forte, quelques efforts que l'on fasse pour atteindre ce but. Cela, dit-on, est moralement et matériellement impossible.

Comment! en effet, s'écrie-t-on, comment exposer des populations d'un million d'âmes aux terreurs d'un siége, aux horreurs d'un bombardement, aux douleurs de la faim? Comment, dans de telles extrémités, les gouverner, les contenir? Comment enfermer dans une sorte d'étau ces grandes capitales dans lesquelles bat le cœur du pays? car elles renferment le Gouvernement, les Chambres, les principaux organes de la publicité. Quoi! tout cela bloqué à la fois, soumis aux duretés du système militaire! L'esprit s'en effraye et recule épouvanté.

Vous verrez, Messieurs, que ce sont là des fantômes qui s'évanouissent quand on s'en approche.

D'abord, nous répéterons ce que nous avons déjà dit : c'est que si vous parvenez à rendre la capitale forte et capable de soutenir une attaque régulière, à l'instant même vous la délivrez pour jamais de tous les dangers d'un siége : car si Paris peut se défendre, comme Metz, Strasbourg ou Lille, Paris ne sera jamais attaqué.

Mais, dit-on, une grande capitale ne peut pas supporter un siége, elle n'en est pas capable! — Et pourquoi? — Parce qu'une capitale manquerait de courage. Au nom des braves habitants de Paris, nous le nions. Quelle est donc, depuis cinquante ans, quelle est la ville dans le sein de laquelle il s'est livré plus de combats? Pour la liberté, pour l'ordre, Paris et sa population ont combattu avec la plus rare bravoure. En 1830, la population parisienne combattait pour la Charte contre une troupe d'élite, et elle en triomphait. En 1832, en 1834, la garde nationale combattait pour l'ordre contre des hommes égarés et qui faisaient un déplorable emploi de leur courage. Mais, attaqués et attaquants, craignaient-ils le bruit des armes à feu?

Du reste, écartons ces tristes souvenirs de guerre civile. En 1814, est-ce la population de Paris qui refusait de se défendre? Nous avons consulté une foule de témoins oculaires, et ils nous ont tous dit que la population parisienne accourait en foule et demandait des armes. Nous avons entendu des officiers nous dire que, sous leurs yeux, les habitants des faubourgs allaient s'embusquer tout près de l'ennemi, et, se servant des moindres accidents du terrain, s'y comportaient en tirailleurs aussi adroits que braves.

Quant à nous, nous n'en doutons pas: un chef énergique et dévoué n'aurait qu'à frapper du pied ce sol héroïque de Paris, pour en faire sortir des milliers de défenseurs.

Nous voudrions bien, Messieurs, qu'on n'insistât point sur les incommodités d'un siége pour la capitale. Mais s'il se pouvait que Paris trouvât ici des défenseurs qui, peu jaloux de son honneur, nous dissent que la capitale ne doit pas être importunée du bruit du canon, nous leur dirions que lorsque Valenciennes et Lille recevaient des bombes en 1793, et savaient supporter les horreurs d'un siége dans l'intérêt sacré du sol, Paris, sans doute, ne croirait pas avoir moins de devoirs à remplir envers la France qu'aucune ville du territoire. Les provinces de l'Est et du Nord, l'Alsace, la Lorraine, la Champagne, la Flandre, foulées et ravagées par les armées ennemies, méritent autant d'intérêt qu'aucune autre partie du territoire, et elles s'indigneraient si elles pouvaient penser qu'une partie quelconque de la population française se croirait assez au-dessus des autres pour vouloir qu'on lui épargnât les inconvénients de la guerre.

Mais nous ne croyons pas, quant à nous, à de tels sentiments. Sans doute il y a, dans une population nombreuse, des hommes qu'une telle situation effraie; mais ce n'est pas le grand nombre, et ceux-là, certainement, n'attendraient pas, pour s'éloigner, l'arrivée de l'ennemi. Mais une circonstance importante contribue surtout à nous persuader que Paris serait digne de la France. L'institution de la garde nationale ne s'est pas maintenue également dans toutes les villes du royaume, mais elle a conservé dans la capitale toute sa force. Une organisation nombreuse, entourée d'un grand éclat, trouvant tous les ans, soit dans la présence du souverain, soit dans les grandes solennités publiques, une occasion de se déployer, a maintenu dans Paris l'institution de la garde nationale. On lui a toujours donné pour chef un de nos maréchaux les plus illustres, et d'anciens officiers d'une bravoure éprouvée. Il y a là un foyer de bons et patriotiques sentiments, qui empêche les sentiments bas et timides de prévaloir. Sans doute ces sentiments bas et timides existent toujours à un certain degré dans toute population ; mais ce ne sont pas ceux qu'écoutent les hommes réunis, en uniformes, en armes, ayant à leur tête de bons chefs qui leur donnent l'exemple. La garde nationale seule, nous l'affirmons, suffirait pour faire prévaloir dans Paris l'opinion de la résistance à l'ennemi, pour y maintenir l'ordre et y donner l'exemple du patriotisme.

Il y a d'ailleurs de glorieux exemples de siéges soutenus par des populations nombreuses : sans recourir à tous ceux que contiennent les pages de l'histoire, nous pourrions, près de nous, avec des circonstances conformes à nos usages et à nos mœurs militaires, citer l'exemple des habitants de Vienne, assiégés en 1683, c'est-à-dire vers le milieu du règne de Louis XIV, par deux cent mille Turcs, se défendant deux mois, et donnant au brave Sobieski le temps de les sauver. Nous pourrions citer, enfin, l'immortel Masséna, faisant supporter à une population de cent cinquante mille Génois, étrangers à la France, mais préférant ses principes à ceux de l'Autriche, un siége effroyable, et qui, grâce au ciel, ne se reproduira jamais autour des murs de Paris.

Il n'est donc pas impossible de soutenir, de diriger le moral d'une population assiégée, surtout quand elle contient un principe d'organisation militaire tel que la garde nationale de Paris, autour de laquelle peut se ranger la population tout entière. Paris serait, en outre, le centre principal de la force militaire, le rendez-vous des dépôts de l'armée, le point de ralliement des secours venant de toutes les parties de la France; enfin, Paris serait le camp sur lequel se replierait l'une au moins de nos armées. Paris aurait donc, dans tous les cas, une garnison puissante, qui donnerait à la population l'exemple du devoir, et qui, nous n'en doutons pas, le recevrait souvent d'elle. Quant à nous, nous en sommes convaincus, Paris, bien dirigé, serait un foyer ardent de patriotisme et d'esprit militaire, au lieu d'être un théâtre de découragement et de défection.

Mais comment nourrir, dit-on encore, comment nourrir une si nombreuse population? Comment la pourvoir de tous les objets nécessaires à la vie? Comment satisfaire à tous les besoins qu'elle s'est créés?

Nous n'entrerons pas, Messieurs, dans toutes les particularités que ce sujet comporterait. Nous renvoyons aux pièces qui accompagneront ce rapport ceux qui voudront y trouver les preuves détaillées que ne comporte pas un exposé général. Cependant nous n'aurions pas rempli toute l'étendue de notre tâche si nous avions laissé dans l'inconnu cette partie de la question qui vous est soumise. Nous avons appelé l'Administration à notre secours; nous nous sommes entourés de documents authentiques; nous avons consulté les hommes les plus versés dans le commerce et l'administration de la capitale, et voici les principaux résultats de ces recherches.

Nous nous sommes convaincus que, en général, une capitale, si elle présentait plus de besoins, présentait aussi plus de ressources qu'aucune autre partie d'un grand État. Là où beaucoup d'hommes vivent agglomérés depuis longtemps, le commerce, excité par le gain, a fait des efforts immenses pour les nourrir, pour satisfaire à tous leurs besoins; et il a créé de vastes dépôts dans lesquels la guerre peut s'alimenter aussi bien que la paix. Les Russes le savaient bien, quand ils incendièrent Moscou. C'est dans les lieux pauvres, inhabités, que les armées ont peine à vivre; mais dans des campagnes comme celles de la Lombardie et de la Flandre, par exemple, où les villes abondent, les armées ont toujours aimé à combattre, parce que, là, elles trouvaient en abondance vivres, vêtements, hôpitaux, et jusqu'aux moyens de réparer leur matériel.

Les raisons générales seules, quand on y réfléchit, suffisent donc pour démontrer combien est erronée l'opinion qui veut qu'une capitale présente moins de ressources que toute autre cité. Mais donnons quelques preuves matérielles.

Supposez, par exemple, que, par une sorte de surprise impossible, l'ennemi fût tout à coup transporté aux portes de la capitale; Paris ne serait point affamé. Il faut à une grande population des grains ou des farines, des légumineux, de la viande fraîche ou salée, des liquides, des combustibles, des fourrages. Eh bien! Messieurs, Paris possède, par les réglements de la boulangerie et par le grenier d'abondance, trente-cinq jours d'approvisionnement assuré en grains ou farines; et même, grâce aux dépôts du commerce, cet approvisionnement monte quelquefois à quarante-six jours. Paris possède ordinairement une immense quantité de légumineux, beaucoup de viandes salées, très-peu, il est vrai, de viandes fraîches (et c'est à cela qu'il faudrait pourvoir); six mois et plus d'approvisionnement en vins, liqueurs, liquides de toute espèce; six mois d'approvisionnement en combustibles. Certes, la plupart des villes assiégées auraient été bien heureuses d'avoir au moins du pain, des viandes salées, des liquides et du combustible.

Nous avons fait une hypothèse, qui est la plus accessible de toutes : nous avons examiné s'il serait possive de procurer à Paris soixante jours de vivres, pour une population de un million trois cent mille âmes. Il nous a été démontré que cela était praticable.

Nous allons vous dire d'abord un mot sur le chiffre de soixante jours, et sur celui de un million trois cent mille âmes.

Jamais un ennemi ne sera soixante jours devant Paris : c'est lui, et non point Paris, qui serait affamé. On ne peut pas supposer qu'une armée envahissante osât se présenter devant Paris avec moins de deux cent ou deux cent cinquante mille hommes. Il lui serait impossible de se faire suivre par ses magasins, sans des efforts gigantesques et impossibles, sans plusieurs armées sur ses derrières pour couvrir les routes. Il faudrait qu'elle vécût sur le pays, comme nous l'avons fait souvent nous-mêmes; il faudrait qu'elle s'étendit au loin pour vivre, et s'exposât beaucoup, en se divisant.

Elle vivrait cependant, mais le terrain qu'elle occuperait serait bientôt tellement affamé, qu'elle ne pourrait plus y subsister.

Or, supposez trente jours d'une telle situation; supposez-en quarante et cinquante : vous arrivez à des impossibilités physiques. Un approvisionnement de soixante jours pour Paris va donc au delà de toutes les vraisemblances.

Quant au chiffre de la population, il est à peu près d'un million d'âmes aujourd'hui, en y comprenant les communes enfermées dans l'enceinte projetée. Ce nombre diminuerait, sans contredit, car beaucoup d'habitants se rendraient dans l'intérieur de la France; mais il s'augmenterait peut-être de ceux qui se seraient réfugiés dans Paris.

On ne peut, à cet égard, s'en rapporter qu'aux faits connus. En 1814, le nombre des habitants de la campagne réfugiés dans Paris fut très-peu considérable. En ajoutant à ce nombre la banlieue, qui est de deux cent mille âmes, et une armée de cent mille hommes, on arrive à treize cent mille individus, c'est-à-dire au chiffre le plus élevé possible de population à nourrir.

Ainsi, en supposant soixante jours, nombre deux fois supérieur à toutes les probabilités, et une population de treize cent mille âmes, on est au delà de la réalité.

Il existe habituellement dans Paris pour quarante et quelques jours de grains ou farines; l'approvisionnement légal est de trente-cinq jours. Quelquefois il n'est pas complet, mais les approvisionnements du commerce font compensation et le portent à plus de quarante jours. Tous les hommes versés dans les connaissances spéciales de cette nature reconnaissent que, pour des causes toutes commerciales et administratives, cet approvisionnement devrait être augmenté. Ils regardent comme utile de pousser à cinquante, même à soixante jours, l'approvisionnement de Paris; on traite depuis longtemps avec les boulangers, pour élever leur approvisionnement de trente-cinq jours à cinquante. On devra, tôt ou tard, établir un nouveau système de prévoyance, sous une forme ou sous une autre, par la combinaison des moyens commerciaux et administratifs; mais en supposant que nous ne finissions pas par résoudre cette question, il faudrait ajouter extraordinairement aux approvisionnements existants une quantité de farine représentée par quatre-vingt mille sacs.

Vous trouverez aux pièces ci-jointes la preuve de ce calcul. Nous nous sommes adressés à l'un des plus habiles commerçants de la capitale, et il nous a répondu que rien ne serait plus facile que d'exécuter en peu de temps, et sans perturbation, un tel achat.

Il n'y aurait pas, nous l'avons dit, à s'occuper de tous les autres objets, viandes salées, liquides, combustibles, dont Paris est approvisionné pour six mois au moins.

La difficulté ne consisterait que dans l'approvisionnement en viandes fraîches.

C'est la seule difficulté reconnue sérieuse, mais très-facilement surmontable, avec quelque prévoyance. On a calculé, d'après les consommations annuelles, ce qu'il faudrait de bétail pour nourrir Paris pendant soixante jours. Le nombre nécessaire est facile à acquérir, à conduire sous Paris, à parquer dans les vastes espaces compris entre l'enceinte projetée et les ouvrages extérieurs : la difficulté ne consisterait que dans les fourrages pour les nourrir. Cependant, avec certaines précautions indiquées par les hommes spéciaux, on y parviendrait; car il ne faudrait pas réunir une somme de fourrages plus grande que le quart ou le cinquième de la consommation annuelle de Paris.

Le commerce averti, ou seulement garanti contre certaines chances, ferait lui-même tous ces approvisionnements. Nous avons examiné encore si le peuple de Paris pourrait gagner sa vie dans ce temps de suspension de travail industriel. L'administration de la guerre suffirait pour lui fournir, seulement en travaux de défense, de quoi payer ses aliments et ceux de sa famille. En tous cas, nous avons calculé que 6 à 7 millions suffiraient pour nourrir deux cent mille indigents pendant cinquante à soixante jours.

Ces détails prouvent que l'approvisionnement de Paris est praticable pendant une durée de temps qui dépasse toutes les prévisions raisonnables d'un siége. Ils prouvent davantage encore : c'est que les grandes capitales sont de vastes dépôts dans lesquels la guerre peut, comme nous l'avons dit, s'alimenter aussi bien que la paix.

En 1815, Napoléon était pressé de faire fabriquer des fusils; où en chercha-t-il les moyens ? A Paris même. Il s'adressa à cette multitude d'ouvriers mécaniciens que Paris renferme; il eut recours même aux ouvriers horlogers et ébénistes, et, sous la direction des officiers d'artillerie, ils lui élevèrent en peu de temps les plus belles et les plus actives manufactures d'armes. Plus récemment, en 1840, nous avions à faire fabriquer rapidement des voitures d'artillerie, une immense quantité de harnais; quel est le grand centre de fabrication qu'on nous a indiqué? Paris encore, qui pouvait seul, en quelques mois, construire nos caissons et harnacher nos chevaux d'artillerie. Pour les rapides confections d'habillements, il en est de même. En un mot, dans le lieu qui doit vêtir, nourrir, pourvoir de tous les objets nécessaires à la vie un million d'âmes, il y a toujours un double approvisionnement au moins de toutes choses, et on y trouverait en peu de temps les moyens d'équiper une vaste armée.

Ceci est une indication précieuse qui doit nous porter à modifier l'une des habitudes de l'administration militaire, et nous fournir un argument de plus pour fortifier la capitale. C'est dans les places fortes et non dans les villes ouvertes, que sont situés nos magasins militaires; fusils, canons, poudres, projectiles, vivres de guerre, se trouvent entassés dans nos places fortes, c'est-à-dire à nos frontières, puisque c'est là que se trouvent nos villes fortifiées. Sans doute il faut qu'une partie de nos richesses militaires soit à la frontière, c'est-à-dire sur la base d'opération de laquelle partent nos armées pour porter la guerre au dehors. Mais si une partie de nos approvisionnements est là bien placée, il est imprudent, il peut devenir désastreux d'y laisser la totalité de ces approvisionnements. Supposez vos places bloquées, et vous êtes sur-le-champ privés de toutes ressources pour armer votre population. Supposez une de vos places prise, et vous livrez en un jour à l'ennemi de quoi réparer toutes les pertes d'une campagne. Vous le dispensez d'accumuler à grands frais, sur ses derrières, des rechanges de toutes choses; vous lui fournissez surtout ce qu'il y a de plus difficile à transporter, l'artillerie de siége, pour attaquer vos murailles.

Cette situation a déjà frappé les hommes qui

s'occupent de l'administration militaire; mais on n'a pas pu encore y porter remède, faute de lieux sûrs à l'intérieur du royaume. Cet état de choses cessera, si vous avez deux grands points fortifiés à l'intérieur, comme Lyon et Paris. Alors, dans ces deux grands centres d'activité, où l'on peut créer, réparer toutes choses plus vite, plus largement que nulle autre part, vous déposerez vos principales richesses militaires; alors, Paris et Lyon, qui sont déjà par leur population, par leur opulence, par leur importance politique, deux grands centres de force morale, deviendront en même temps deux grands centres de force matérielle. Vous réunirez ensemble ces deux forces qui ne peuvent pas se passer l'une de l'autre.

Ainsi donc, Messieurs, jusqu'ici ces impossibilités dont on veut effrayer votre pensée n'existent point; ces grandes populations agglomérées ne sont ni incapables de courage, ni impossibles à nourrir. Mais il est une dernière impossibilité qu'on s'est plu à créer, et qu'il faut, comme les autres, réduire à sa juste valeur. On a dit qu'une place forte telle que Paris était impossible à construire; on a dit qu'elle devait se composer de quatre-vingt-dix à cent fronts; qu'en province, un front de fortification coûtait un million au moins; qu'à Paris, avec la cherté de toutes choses, main-d'œuvre, terrain, matériaux, ce n'était pas trop de supposer qu'un front dût coûter deux ou trois fois davantage; que, dès lors, c'était deux ou trois cent millions pour l'enceinte seule: les ouvrages extérieurs devraient bien coûter autant; ce ne serait pas moins, alors, de 500 millions, peut être 600 pour le tout.

Nous allons vous montrer la complète fausseté de ces calculs. Mais, en attendant, voici une première observation.

En 1814, quand de la résistance de Paris, pendant quelques jours, dépendait le sort de la France et du monde, on eût été heureux, assurément, d'acheter, au prix de beaucoup de millions, et la conservation de nos frontières, et le sceptre du monde que nous possédions alors, et ce privilége d'inviolabilité que nous avions enlevé à toutes les capitales, et qui n'avait pas encore été ravi à la nôtre. Et, à ne faire que compter, dans une question où compter est peu digne, on eût fait un bon marché de se racheter, au prix de cinq cent millions, du milliard et demi qu'il a fallu payer à l'étranger.

Mais laissons ces considérations ; supposons le projet actuel adopté dans son entier; nous allons vous donner tout de suite quelques approximations, qui détruiront une partie des exagérations dont ce sujet a été l'occasion.

Il y a une première observation à présenter, qui frappera tous les esprits. Cette enceinte continue, dont on compte les fronts avec tant d'épouvante, contient, en développement, environ trente-huit mille mètres de revêtement en maçonnerie. Eh bien! la seule place de Lille contient trente-six mille mètres environ de revêtement en maçonnerie, escarpes et contrescarpes comprises. Les ingénieurs ont fait ce calcul. Cela n'a donc rien de si effrayant, puisque cela s'est déjà fait sur notre sol, et même plus d'une fois; car nous avons plus d'une grande place : nous avons, outre celle de Lille, celles de Metz, Strasbourg, Besançon, et autres encore.

On se demandera comment l'enceinte de Paris ne présente guère plus de revêtements en maçonnerie que l'enceinte de Lille, trois ou quatre fois moindre. En voici la raison : La place de Lille est couverte de plusieurs lignes de murailles ; elle a une enceinte et un vaste appareil d'ouvrages avancés, qui n'étaient point nécessaires à Paris, parce que pour Paris on a créé un système de défense extérieure qui, au moyen d'ouvrages extérieurs, reporte les attaques fort loin de l'enceinte.

C'est ce qui fait qu'un front qui, en province, coûte un million à peu près avec tout l'appareil qui l'accompagne, ne saurait coûter à Paris que 300,000[f] environ.

Cependant, nous sommes loin de dissimuler la grandeur de la dépense ; elle ne sera guère moindre de 69 millions pour l'enceinte, et de 58 millions pour les forts extérieurs.

Ici, encore, nous renverrons les détails aux pièces annexes ; mais nous vous devons les résultats généraux des calculs qui ont été produits et discutés avec soin.

Il y a trois grandes masses de dépenses : l'achat du terrain, le terrassement, la maçonnerie. De ces trois grandes masses de dépenses, une seule est encore incertaine, c'est celle de l'achat du terrain. Les autres sont appréciables d'une manière positive, puisque les marchés d'exécution sont passés.

Jusqu'ici nous parlons de l'enceinte seule. Elle couvre une bande de terrain qui a, moyennement, cent quarante-deux mètres de largeur, et qui forme une circonférence totale de trente-trois mille cent soixante-cinq mètres, c'est-à-dire environ huit lieues. Cela suppose quatre millions neuf cent soixante-deux mille six cent quarante-un mètres carrés à acheter. Il faut défalquer les terrains du bois de Boulogne et du parc de Neuilly, que le Roi a donnés ; il faut ajouter les terrains qu'exigeront les établissements militaires ; cela conduit à quatre millions six cent quarante mille cent quarante-un mètres carrés, ou à quatre cent soixante-quatre hectares de terrains à acquérir.

On rencontre là quatre espèces de terrains : les terrains labourables, les terrains à carrière, les terrains à jardinage, les terrains bâtis. On a déjà acheté des uns et des autres en 1832 et 1833. Les premiers ont coûté 8, 9 et 10,000 fr. l'hectare ; on les suppose tous aujourd'hui à 10,000 fr. Les terrains à carrière ont été payés 20,432 fr. ; on les porte à 25,000 fr. Les jardins et marais ont été payés 26,455 fr. ; on les porte à 30,000 fr. Les terrains bâtis ont été payés jusqu'à 111,950 fr. l'hectare ; nous les portons à 120,000 fr. Ainsi, en prenant des évaluations supérieures aux évaluations déjà connues, on trouve une dépense pour les premiers terrains de........ 2,910,100 fr.

Pour les seconds, de.......	37,500
Pour les troisièmes, de....	3,240,000
Pour les quatrièmes, de....	7,621,200
Total.......	13,808,800

La seule dépense incertaine, évaluée au plus haut chiffre possible, monte donc à 13,808,800 fr. Le travail de terrassement consiste à creuser le fossé et à construire, avec les terres qu'on en retire, le rempart et le glacis. On sait mathématiquement combien on a de mètres cubes de terre à déplacer, à quelle hauteur, à quelle distance. Le prix par mètre est déjà fixé; il s'élève, moyennement, à 1 fr. 30 c. par mètre cube. Pour chaque mètre de la circonférence de l'enceinte, il y a 193 mètres cubes de terre à déplacer, c'est-à-dire une dépense de 250 fr. 90 c. à faire par mètre cube. L'enceinte, qui couvre une circonférence totale de 33,165 mètres, c'est-à-dire huit lieues, a cependant un développement plus considérable à cause des rentrants et des saillants que donne la forme bastionnée. Elle a 38,686 mètres de développement. Le total représente, pour 38,686 mètres de pourtour, 9,693,772 fr. de dépense. Ce sont des prix faits et actuellement acceptés. Les rabais obtenus donnent même, sur le total, une économie de 6 fr. 34 c. par 100 fr., ce qui réduit la dépense définitive à 9,079,187 fr.

Quant à la dépense de la maçonnerie, on en connaît les éléments d'une manière tout aussi certaine. L'intérieur du mur doit être en maçonnerie ordinaire; le parement extérieur en pierre meulière; les angles, le couronnement, en pierre de taille. La première, d'après les marchés, revient à 21 fr. 53 c. le mètre cube; la seconde, à 28 fr. 68 c.; la troisième, à 99 fr. 71 c. Tout calculé, le mètre cube revient, avec la pose et les accessoires, à 1,115 fr. 62 c., et, pour trente-huit mille six cent trente-six mètres, à 43,103,094 fr.

Ainsi, les trois masses de dépenses pour l'enceinte sont de

	13,808,700 fr.	pour l'achat des terrains.
	9,079,187 fr.	pour les terrassements.
	43,103,094 fr.	pour la maçonnerie.
Total. . .	65,990,981 fr.	

De ces trois masses, une seule, comme nous l'avons dit, repose sur des bases variables, c'est celle des terrains; mais c'est la moindre : et supposez qu'on se fût trompé d'un cinquième, d'un quart, d'un tiers, de moitié, ce serait 3, 4, 6 millions à ajouter à ce chiffre total. La dépense générale n'en serait pas extraordinairement affectée.

Cependant nous avons exigé qu'on recherchât encore toutes les dépenses accessoires qui, souvent, viennent augmenter le total et créer des imprévus. Ainsi, il faut une rue militaire; derrière le mur d'enceinte il faut quelques magasins à poudre; il faut des cunettes dans le fond du fossé.

La rue militaire coûtera à empierrer, d'après l'adjudication....	1,920,000 f
Les magasins à poudre coûteront........................	910,000
Les cunettes et canaux dans l'intérieur du fossé coûteront.......	270,000

L'enceinte coûterait donc, en y ajoutant ces trois sommes accessoires, 69,090,981 fr.

Le montant des forts extérieurs a été calculé sur les mêmes bases. Nous ne donnerons pas le détail. Voici les masses :

Achats de terrains...........	4,174,000 f
Terrassements...............	7,529,000
Maçonnerie des escarpes et contrescarpes.....................	40,253,281
Bâtiments militaires...........	5,040,000
Route stratégique pour les relier.	1,600,000
Total.....	58,596,281

La dépense totale, en sommes rondes, coûterait donc :

1° Enceinte.	69,100,000 f
2° Ouvrages extérieurs.	58,600,000
Total.	127,700,000

Il faut ajouter à cela des frais généraux d'outils et de gérance, évaluables à. . . . . . . 1,500,000 f

Des frais de baraquement pour les troupes, réglés à. 3,800,000

Total. 5,300,000

Ce qui porte l'ensemble général de la dépense, en joignant la somme de . . . . 5,300,000 f

A la somme déjà citée de. 127,700,000

Au chiffre définitif de. 133,000,000

Maintenant, Messieurs, reste la question des servitudes.

On s'est demandé comment on pouvait soumettre les belles et riches campagnes de Paris aux duretés des servitudes militaires. Ici, comme ailleurs, nous dirons encore que les belles et riches campagnes de la Flandre, plus riches assurément qu'aucunes autres qu'on puisse citer en France, supportent les servitudes militaires et ne demandent pas d'exception. Cependant, nous avons voulu être équitables et évaluer le dommage possible. Vous avez entendu calculer la dépréciation des terrains autour de Paris par cinquantaine de millions.

Eh bien ! voici un calcul exact et non pas hypothétique :

En supposant que les servitudes militaires fussent réduites à une zone de deux cent cinquante mètres, le prix total des terrains compris dans cette zone s'élèverait à 18 millions au plus. La servitude consiste dans l'interdiction de bâtir. En supposant pour cette interdiction une dépréciation d'un quart, d'un cinquième, ce serait 3 à 4 millions de dommage.

Là encore les exagérations tombent devant la réalité. Cependant, cette question mérite une solution plus précise; nous allons vous la proposer.

Les lois militaires imposent trois zones de servitude autour des places de premier ordre. Dans la première, qui a deux cent-cinquante mètres de rayon en partant de l'escarpe, on ne peut point bâtir. Dans la seconde, qui s'étend à quatre cent quatre-vingt-sept mètres à partir du même point, on peut bâtir en terre ou en bois, à la condition de démolir à la première réquisition. Dans la troisième zone, qui comprend neuf cent soixante-quatorze mètres de rayon, on ne peut ni creuser des fossés, ni faire des levées, sans autorisation de l'administration de la guerre. Les servitudes s'établissent sans indemnité, sur une simple ordonnance royale, qui classe une ville au nombre des places de guerre.

Les hommes de l'art nous ont démontré qu'on pouvait, sans danger pour la défense de Paris, réduire toutes les zones de servitude à la première, qui n'est que de deux cent cinquante mètres.

Ce serait une exception pour Paris seul, exception méritée, et qui réduirait à peu de chose les inconvénients des servitudes militaires.

Ce n'est pas tout. Les portions de terrain sur

lesquelles il y a avantage à construire, sont les bords des routes. Or, l'État a intérêt à les acquérir, pour y construire, au moment de la guerre, des ouvrages défensifs des portes. Afin de ne pas gêner la circulation, on s'est proposé de ne pas construire encore les portes, et de laisser des ouvertures dans l'enceinte pour chaque route. Il faudra donc un jour les couvrir d'ouvrages ouverts à la gorge, et on a, dès lors, un motif d'acquérir les bords des routes dans l'étendue de la zone de deux cent cinquante mètres. Cette dépense peut se circonscrire entre 6 ou 7 millions. Ajoutée à celle de 133 millions, elle porterait à 140 millions environ le total à peu près certain de la dépense.

On n'indemniserait personne, mais on achèterait les terrains qui seraient jugés utiles.

Ainsi donc, Messieurs, toutes ces impossibilités de nourrir, de fortifier les grandes capitales, s'évanouissent une à une. Il reste à la place de ces impossibilités des difficultés grandes sans doute, mais des difficultés surmontables pour une grande nation, et qui ne sont pas au-dessus de nos moyens et de notre patriotisme.

Nous avons déjà parcouru, Messieurs, les côtés les plus importants de ce vaste sujet.

Il faut, avons-nous dit, ajouter aux places fortes de la frontière des points fortifiés à l'intérieur.

Entre les points à fortifier à l'intérieur, la capitale mérite la préférence.

La capitale doit être régulièrement fortifiée.

Elle peut être défendue, gouvernée, nourrie pendant un siége; elle peut être entourée de murailles sans une dépense disproportionnée avec l'importance de l'objet qu'on se propose.

Enfin, la difficulté une fois vaincue, se tourne contre l'ennemi lui-même, qui, désespérant de prendre une telle place, ne songe plus à l'attaquer.

Tout but est ainsi enlevé aux guerres d'invasion.

Il est un dernier point à traiter, le plus important de tous, à cause des préventions qu'il fait naître, préventions telles que le projet de fortifier Paris a toujours succombé devant elles.

Vous vous souvenez tous, Messieurs, qu'en 1831, 1832, 1833, on travailla à la défense de Paris avec des fonds annuellement votés par les Chambres. Les gens de l'art, frappés, au premier aspect, de la difficulté d'enceindre de murailles une ville telle que Paris, préférèrent l'entourer d'une ceinture de petites forteresses qui, se reliant les unes aux autres, auraient l'avantage de l'entourer d'une ceinture de feux, sans la serrer de trop près, et en la sauvant des dangers des batteries incendiaires.

Deux généraux d'un haut mérite et d'un patriotisme incontestable, les généraux Bernard et Rogniat, étaient de cet avis. Mais, au contraire, l'illustre général Haxo, que l'on considère comme l'un des premiers officiers du génie de notre temps, le général Haxo était d'un avis contraire. Le général Valazé partageait son opinion. La querelle s'anima, et bientôt cessa d'être une querelle d'art pour devenir une querelle de partis. On prétendit que Paris pourrait ainsi se trouver renfermé dans une ceinture de bastilles.

Quand on veut vaincre les préventions, il faut, Messieurs, aller droit à elles, et ne pas craindre de les discuter. Permettez-nous donc quelques mots à ce sujet.

Nous dirons d'abord que cet ancien projet n'existe plus. Sur la ligne même où passaient les forts projetés par le général Bernard, passe aujourd'hui (dans le nouveau projet) l'enceinte continue dont on propose d'envelopper Paris. Les ouvrages extérieurs, qui ont paru indispensables pour appuyer cette enceinte, ont été reportés à une grande distance des anciens forts détachés, et sont, par rapport à Paris, hors de la véritable portée du canon.

Ainsi donc, en fait, cette question si fâcheuse ne saurait plus s'élever aujourd'hui avec la moindre apparence de raison.

Cependant, bien qu'elle ne le puisse plus, permettez-nous quelques mots qui sont indispensables à dire sur ce sujet.

Imaginer que des ouvrages de fortification quelconque peuvent nuire à la liberté ou à l'ordre, c'est se placer hors de toute réalité. D'abord, c'est calomnier un Gouvernement, quel qu'il soit, de supposer qu'il puisse un jour chercher à se maintenir en bombardant sa capitale. Quoi! après avoir percé de ses bombes la voûte des Invalides ou du Panthéon, après avoir inondé de ses feux la demeure de vos familles, il se présenterait à vous pour vous demander la confirmation de son existence! Mais il serait cent fois plus impossible après sa victoire qu'auparavant!

D'ailleurs, plaçons-nous dans la réalité. Nous avons de tristes souvenirs de guerre civile, nous pouvons nous les rappeler. Le Gouvernement a eu des désordres à comprimer; est-il allé placer des batteries incendiaires dans l'une des positions dominantes de Paris, pour tirer à toute volée sur les quartiers occupés par la rébellion? Non, il est allé droit au désordre; il l'a combattu corps à corps, et lui a enlevé une à une les barricades qu'il avait construites. S'il en avait agi autrement, les factieux enhardis seraient devenus maîtres de Paris.

Mais à Lyon, à Lyon où existaient des forts, dominant cette ville bien autrement que ceux qu'on pourrait élever à Paris ne sauraient jamais le faire, s'est-on servi de ces forts? Non, on les a délaissés pour aller combattre, dans les rues mêmes de cette cité, les ouvriers égarés qui menaçaient la société tout entière.

Mais laissons ces sinistres souvenirs de guerre civile; élevons-nous plus haut, élevons-nous aux raisons morales, qui décident du sort des révolutions!

Leur succès est tout entier dans l'assentiment moral de l'opinion générale. Toute la question est là : est-ce une minorité factieuse qui veut imposer sa pensée au pays? ou bien est-ce la majorité froissée dans ses instincts généreux, outragée dans ses lois, qui s'indigne et se soulève contre un pouvoir universellement réprouvé de tous? Dans le premier cas, le désordre peut faire couler du sang, mais il est bientôt réprimé. Dans le second, tout disparaît devant la force morale de l'opinion générale du pays. Les armes tombent des mains des plus vaillants soldats. En un mot, pour comprimer une émeute, même sanglante, il ne faut pas de forteresses. Pour opprimer des majorités justement indignées, toutes les citadelles du monde seraient impuissantes et inutiles.

Écartons donc ces vaines préventions qui ne sauraient que troubler nos esprits, et nous priver du sang-froid nécessaire pour décider sainement de nos plus grands intérêts nationaux.

En fait, d'ailleurs, cette querelle de 1832 et 1833 ne pourrait plus s'élever aujourd'hui; car l'enceinte a remplacé les anciens forts, et les nouveaux ouvrages projetés pour couvrir cette enceinte sont placés hors de l'action réelle du canon.

Quant à cette question de l'enceinte et des ouvrages extérieurs, nous avons soigneusement écouté et cherché à comprendre les hommes spéciaux, et voici ce qui nous a paru devoir être soumis à votre attention, comme raisons déterminantes.

Il nous a paru qu'une enceinte sans des ouvrages extérieurs, ou des ouvrages extérieurs sans une enceinte, seraient tout à fait insuffisants; nous avons jugé que ces moyens ne recevaient que de leur réunion la force dont ils étaient susceptibles. Cet avis a été d'ailleurs celui de la commission de défense formée en 1836, et qui a produit son travail au mois de mai dernier.

L'enceinte, quand elle est possible, est toujours le premier, le plus sûr moyen de défense. La première chose que l'art, dans tous les temps, dans tous les pays, a faite, quand il l'a pu, c'est d'enfermer une grande cité dans un mur continu, qui, de toutes parts, met obstacle à l'arrivée de l'ennemi. Nous pourrions citer une quantité d'exemples célèbres. Nous nous bornerons à citer l'exemple de Gênes.

Gênes a une première enceinte qui l'enferme immédiatement, et puis une seconde qui l'enveloppe plus largement, et qui court sur les crêtes escarpées de l'Apennin. Toutes les deux sont régulières, et la seconde, la plus grande, n'a pas moins de neuf mille toises, dix-huit à dix-neuf mille mètres, c'est-à-dire beaucoup plus de la moitié de l'enceinte projetée de Paris.

C'est là l'obstacle principal, essentiel, celui qui donne la plus grande des garanties contre l'ennemi. C'est, en fait de fortifications, ce qu'on peut considérer comme le principal, car on l'appelle le corps de place. Le second objet de tout système de défense, c'est de s'emparer de tous les points saillants autour d'une grande cité, de les occuper, de les défendre, pour qu'ils servent à la défense et non à l'attaque. Nous ne savons pas un grand ouvrage de l'art où l'on ait fait l'une de ces choses sans faire l'autre; toujours on a eu ce double objet : enfermer d'abord une cité dans l'enceinte continue, sans autre solution de continuité que des portes; puis, occuper, au profit de la défense et au détriment de l'attaque, les points importants, en dehors et autour du corps de la place.

Il fallait donc le faire à Paris, puisqu'on l'a fait partout. Mais permettez-nous, Messieurs, de vous donner sur-le-champ les raisons particulières à Paris.

Nous commençons par ce qui regarde l'enceinte.

S'il était possible qu'une ceinture de forts fût une barrière suffisante, on aurait dû s'y arrêter. Mais il n'en est rien. Chacun de ces forts présentera quatre ou cinq fronts. Les gens de l'art nous ont déclaré qu'une place d'un tel développement n'exigeait pour l'attaquer ni beaucoup d'artillerie ni beaucoup de temps.

Un ou deux de ces forts enlevés, l'ennemi n'a plus d'autre obstacle devant lui que l'énergie de la population. Il peut faire mieux encore que de perdre du temps à enlever un ou deux de ces forts, c'est de passer entre eux, et d'aller à la ville elle-même. Ces forts croiseraient-ils leurs feux encore plus qu'ils ne peuvent le faire, des colonnes hardiment dirigées, même en perdant du monde, passeraient à travers, surtout Paris étant le prix d'une telle attaque. Dans les grandes batailles, on essuie bien le feu de cent et deux cents bouches à feu.

Des assaillants qui sauraient que le sort de la guerre dépend d'un acte de vigueur; qu'entre le succès et le non-succès, il y a la différence d'une campagne triomphante à une retraite désastreuse; de tels assaillants ne regarderaient pas à des pertes d'hommes, et ils passeraient entre les forts. Mais il y a plus : la configuration du terrain est telle qu'à moins de construire un nombre extraordinaire de ces forts, il serait impossible que l'artillerie embrassât de ses feux tout l'espace compris entre eux. Il est donc probable que l'ennemi pourrait franchir la ligne des forts sans faire d'aussi grandes pertes qu'on pourrait l'imaginer.

Mais ces brusques attaques dont nous venons de parler, l'ennemi ne saurait plus être tenté de les essayer, s'il doit, après avoir essuyé le feu des forts, trouver une enceinte puissante qui l'arrête, et exige de sa part une attaque régulière. Alors, il ne sera pas assez insensé pour risquer un coup de vigueur qui ne le mène à rien; alors, il est obligé de procéder méthodiquement, de prendre d'abord les forts, d'en enlever un ou deux, trois même, pour ouvrir la route qui conduit à l'enceinte, et pouvoir, sans obstacle, établir contre elle ses ouvrages d'attaque. Les forts ne deviennent donc tout ce qu'ils peuvent être qu'appuyés sur une enceinte dont ils sont le premier, l'inévitable obstacle, qu'il faut nécessairement détruire avant d'arriver à elle.

L'enceinte à son tour reçoit des forts extérieurs une valeur tellement supérieure à celle qu'elle aurait, si elle existait seule, qu'on ne saurait, sans imprudence, s'en priver volontairement. La disposition de ces ouvrages est telle qu'il est impossible d'établir les travaux nécessaires à une attaque régulière entre les forts et le corps de la place. Il faut donc prendre ces forts : c'est un premier siége après lequel il faut faire celui de l'enceinte. C'est donc la durée de deux attaques régulières qu'on se donne pour la défense. Ce n'est là qu'une première utilité des forts extérieurs. Ils en ont une bien plus grande encore.

Combinés avec les obstacles naturels du terrain, ils constituent, autour et au delà de l'enceinte, une première ligne de défense d'un immense développement. Cette ligne, passant au delà de Saint-Denis, Pantin, Vincennes, Charenton, Ivry, Issy, Meudon, le Mont-Valérien, coupée par des bois, des rivières, des hauteurs, représente une étendue de plus de vingt lieues, qu'aucune armée au monde ne pourrait bloquer sans se disséminer à tel point qu'elle pourrait être partout battue.

Cette ligne, distante depuis deux mille jusqu'à sept mille mètres de l'enceinte continue, qui, elle-même, est déjà très-loin des quartiers habités de la capitale, rend absolument impossible l'action des projectiles incendiaires. Paris ne peut plus être bombardé. Or, c'est le plus menaçant danger pour une grande population. Tel qui voudrait bien se défendre à outrance quand il serait exposé de sa personne seulement, n'en aurait plus la force quand il saurait sa femme, ses enfants exposés aux éclats des bombes et des obus. Cette ligne, sous ce second rapport, est donc indispensable. Enfin, elle l'est encore pour nourrir Paris. L'unique et véritable difficulté de l'approvisionnement, comme nous vous l'avons dit, c'est la réunion et l'entretien du bétail.

Or, il est impossible de le placer dans l'enceinte; il a, au contraire, un champ fermé et inaccessible depuis le canal Saint-Denis jusqu'au bout du bois de Boulogne, entre le canal, la Seine et l'enceinte. Enfin, il faut supposer que vous aurez une armée, ou repliée ou en formation autour de Paris. Il faudrait se garder de l'enfermer dans l'enceinte; elle y perdrait l'habitude de voir l'ennemi en face; elle s'y affaiblirait. D'ailleurs, il est difficile de faire sortir une armée nombreuse, infanterie, artillerie, cavalerie, par trois ou quatre portes. Il faut donc la placer au delà de l'enceinte, entre l'enceinte elle-même et la ligne des forts extérieurs, toujours en vue de l'ennemi, toujours prête à manœuvrer et à profiter des mouvements de l'assiégeant, sur un champ de bataille accidenté, et fertile en fautes pour celui qui ne le connaît pas complétement.

Ces deux lignes nous ont paru indispensables, n'avoir de valeur suffisante qu'appuyées, renforcées l'une par l'autre. Les forts sans l'enceinte seront brusqués, l'enceinte sans les forts sera immédiatement abordée, incendiée, bloquée, condamnée à une sorte d'étouffement; car la population, l'armée, le matériel, y seront encombrés, paralysés, compromis.

Cette double ligne, en un mot, nous a paru répondre à la pensée de Vauban quand il proposait deux enceintes : la première pour couvrir immédiatement la population ; la seconde, pour tenir à distance les batteries à bombes; les deux pour former un vaste espace intermédiaire dans lequel seraient placés l'armée, la population agricole réfugiée, le matériel de la défense. Or, deux enceintes, possibles du temps de Vauban, quand Paris n'était pas le quart de ce qu'il est aujourd'hui, seraient maintenant impossibles. L'enceinte continue que nous proposons passe justement sur la ligne qu'aurait occupée la seconde enceinte de Vauban. Dans ce système si simple, qui n'est que la reproduction de ce qu'on a fait partout, la garde nationale et la troupe de ligne ont leur place naturelle et indiquée : la garde nationale est sur l'enceinte près de ses foyers, pouvant les rejoindre à toute heure ; la troupe de ligne est au delà, à la seconde ceinture, dans les forts et dans les ouvrages qui les relient, toujours prête à se jeter sur l'ennemi.

Voilà ce qu'après une longue discussion, soutenue par les hommes compétents, écoutée par nous, hommes politiques, avec une religieuse attention, nous avons considéré comme le meilleur des systèmes.

Ainsi, cette grande difficulté du système à adopter pour défendre Paris, disparaît, comme les autres, devant un examen attentif et consciencieux.

Nous avons parcouru tous les points de ce vaste sujet. Nous aurions voulu abréger la durée de ces explications ; mais nous ne le pouvions pas sans nuire à leur clarté. Nous vous devons quelques mots sur la manière dont se sont partagés les esprits dans le sein de la Commission.

Sur tous les points essentiels, nous avons toujours été d'accord entre nous, et d'accord avec le Gouvernement.

Sur la question de savoir s'il fallait fortifier Paris, et le fortifier par des ouvrages permanents, exigeant de la part de l'ennemi une attaque régulière, nous avons été unanimes.

Sur la question de savoir si on pouvait nourrir cette grande capitale, l'enceindre de murs à un prix qui ne rende pas l'entreprise impossible ou déraisonnable, nous avons été unanimes.

Sur la question de savoir, s'il fallait la défendre au moyen du double système d'une enceinte continue et d'ouvrages extérieurs, nous avons encore été unanimes.

Les difficultés se sont élevées sur un seul point. Tous les membres de la Commission reconnaissaient la nécessité de certains ouvrages, mais quelques uns de ses membres ont différé sur plusieurs des ouvrages proposés. Le principe était admis à l'unanimité, l'application à tels ou tels ouvrages ne s'est pas faite à l'unanimité.

Mais il y a eu cependant une forte majorité dans la Commission, pour le projet tel qu'il est contenu dans le plan qui vous a été soumis. Nous avons demandé au Gouvernement la déclaration formelle qu'il a faite devant la Commission, et qu'il renouvellera devant vous, c'est qu'aucun des ouvrages extérieurs ne sera placé à une distance de l'enceinte moindre que la distance de Vincennes.

Enfin il fallait, après nous être mis d'accord avec nous-mêmes, nous mettre d'accord avec le Gouvernement; nous l'avons fait. Les modifications apportées au projet de loi l'ont été d'accord avec MM. les

Ministres. Permettez-nous quelques mots sur ces modifications.

Nous avons demandé une rédaction qui assurât d'une manière infaillible l'existence des deux systèmes d'ouvrages projetés, l'enceinte continue et les ouvrages extérieurs ; nous avons demandé une rédaction qui assurât la simultanéité de l'exécution, pour qu'aucun système d'ouvrages ne fût sacrifié à l'autre ; nous avons demandé une garantie en faveur des petites communes comprises dans l'enceinte, pour qu'elles ne soient pas un jour absorbées dans la ligne des octrois de Paris ; nous avons enfin demandé une disposition exceptionnelle pour les servitudes militaires à imposer à la banlieue de la capitale.

Sur tous ces points nous nous sommes parfaitement entendus avec le Gouvernement, et la rédaction que nous vous proposons a reçu son adhésion.

Cependant nous devons vous faire part de quelques difficultés qui se sont d'abord élevées, et qu'une discussion conciliante a fini par aplanir.

La Commission, après avoir projeté une rédaction qui consacrait les conditions techniques de l'enceinte continue, demandait, en outre, une désignation sommaire, par le lieu de leur emplacement, des principaux ouvrages extérieurs. Le Gouvernement a consenti à la rédaction proposée relativement à l'enceinte continue, mais il a refusé celle qui concernait les ouvrages extérieurs, et il a réclamé à cet égard la liberté due à l'autorité exécutive, quand il s'agit de travaux de défense.

La Commission a pensé que la déclaration faite par Messieurs les Ministres, qu'aucun des ouvrages extérieurs ne serait plus rapproché de l'enceinte que le fort de Vincennes, que cette déclaration suffisait, et que, d'ailleurs, en voulant enchaîner trop strictement le Gouvernement à tel emplacement désigné, on s'exposerait à des inconvénients d'exécution, et même à des objections de principes.

Sur un second point, nous avons encore différé avec le Gouvernement. La Commission aurait voulu l'exécution de tout l'ouvrage en trois ans. Cette exécution était possible dans cet espace de temps. Cependant, bien que les raisons financières alléguées contre ce vœu ne nous aient pas paru déterminantes, la Commission a senti que si les circonstances s'aggravaient, rien n'empêcherait le Gouvernement de vous demander, ou de prendre, en votre absence, les crédits nécessaires pour achever ce grand ouvrage avec la célérité que commanderaient les dangers du pays.

Notre tâche, Messieurs, est achevée. Vous apprécierez, nous l'espérons, l'esprit que nous avons apporté à son accomplissement. Cet esprit a été tout de conciliation. Nous avons agi, non dans un but personnel, car aucun de nous n'avait de ménagements particuliers à s'imposer, mais dans un but tout patriotique : le succès de la mesure proposée.

Messieurs, dans notre conviction, on ne saurait rien faire de plus décisif pour la sûreté et la grandeur de notre pays que de fortifier sa capitale.

Quand deux juges en cette matière tels que Vauban, tels que Napoléon, l'ont conseillé avec de vives instances, nous ne comprenons pas quelle est l'autorité militaire ou politique qui pourrait sérieusement s'élever contre. Aussi n'y a-t-il presque qu'une voix sur cette grande nécessité de fortifier Paris; mais jusqu'ici l'ouvrage a échoué devant des querelles de système, dégénérées en querelles de partis. Nous avons cru, en nous imposant la loi d'être d'accord, contribuer nous-mêmes à produire cet accord dans le pays et dans la Chambre.

Au nom de tous les collègues auxquels vous aviez confié l'examen de cette grande question, nous vous adressons, Messieurs, une prière instante. L'Europe et le monde nous regardent, car jamais plus grande entreprise ne fut proposée à un grand peuple. Ceux qui ne nous souhaitent ni vertu ni force, disent que nous reculerons devant la grandeur de cet effort, devant même la dépense qu'il pourrait entraîner. Ils disent surtout que, voués à l'éternelle division des esprits, nous ne saurons pas aboutir à un vote efficace, et que de tristes querelles feront encore avorter la tentative patriotique de fortifier Paris.

Certes, Messieurs, ce serait un grand malheur s'il pouvait en être ainsi; mais nous avons la conviction que nous ne mériterons pas le jugement porté par nos ennemis; nous avons la conviction que nous nous ferons les uns aux autres le sacrifice de préoccupations sans fondement, et que nous donnerons enfin à ce Paris, que Vauban appelait le cœur de la France, cette puissante ceinture qui le rendra inaccessible à tous les traits des ennemis de notre patrie.

En conséquence, Messieurs, la Commission, d'accord avec le Gouvernement, vous propose l'adoption du projet de loi.

PROJET DE LOI.

PROJET DE LOI
Présenté par le Gouvernement.

Article premier.

Une somme de cent quarante millions (140 millions) est spécialement affectée aux travaux de fortifications de Paris.

Cette somme comprend celle de treize millions, formant le montant des crédits déjà ouverts sur 1840, pour la même destination, aux Ministres de la guerre et des travaux publics, par les ordonnances royales des 10 septembre, 4 et 25 octobre derniers.

PROJET DE LOI
Amendé par la Commission.

Article premier.

Comme le paragraphe premier de l'article premier du projet de loi du Gouvernement.

Art. 2.

Ces travaux comprendront :

1° Une enceinte continue, embrassant les deux rives de la Seine, bastionnée et terrassée, avec dix mètres d'escarpe revêtue.

2° Des ouvrages extérieurs casematés.

Art. 3.

Les fonds affectés à ces

PROJET DE LOI

Présenté par le Gouvernement.

Art. 2.

Le crédit de cent vingt-sept millions restant à ouvrir pour compléter la somme totale de 140,000,000 f. est réparti comme ci-après :

Travaux à exécuter en premier lieu.	75,000,000 f.
Travaux à exécuter en deuxième lieu	52,000,000
Total égal...	127,000,000 f.

Art. 3.

La somme de soixante-quinze millions applicable, d'après l'article précédent, aux travaux à exécuter en premier lieu, sera partagée en trois annuités à partir de 1841.

A cet effet, il est ouvert au Ministre secrétaire d'État de la guerre, au titre de l'exercice 1841, un crédit extraordinaire de trente-cinq millions (35,000,000 f.)

PROJET DE LOI

Amendé par la Commission.

travaux seront employés simultanément à l'exécution de l'enceinte et des ouvrages extérieurs, et répartis entre divers exercices, dans les proportions ci-après déterminées.

Art. 4.

La somme de cent quarante millions (140,000,000) allouée en vertu de l'article 1er de la présente loi, comprend celle de treize millions (13,000,000) formant le montant des crédits déjà ouverts sur le budget de 1840 aux Ministères de la guerre et des travaux publics, par les ordonnances royales des 10 septembre, 4 et 25 octobre derniers.

Sur la somme de cent vingt-sept millions (127,000,000)

PROJET DE LOI

Présenté par le Gouvernement.

La portion de ce crédit qui n'aura pu être employée dans le courant de l'exercice 1841 sera reportée à l'exercice suivant en accroissement de la seconde annuité.

Art. 4.

Il sera pourvu au crédit extraordinaire de 35,000,000 ouvert par l'article 3 ci-dessus, au moyen des ressources ordinaires et extraordinaires de l'exercice 1841.

Art. 5.

Les dépenses opérées par le département des travaux publics, en vertu des ordonnances des 10, 19, 29 septembre, 4, 8 et 19 octobre 1840, seront liquidées par le Ministre de ce département, et soldées sur le crédit de 7,000,000 fr. qui lui est resté ouvert, jusqu'à concurrence du montant de ce crédit.

L'excédant, s'il y en a,

PROJET DE LOI

Amendé par la Commission.

restant à allouer, il est affecté la somme de :

Trente-cinq millions (35,000,000) pour les travaux à exécuter en 1841 ;

Vingt millions (20,000,000) pour les travaux à exécuter en 1842.

La portion de ces crédits qui n'aurait pu être employée pendant l'exercice auquel elle est affectée, sera reportée sur l'exercice suivant.

Art. 5.

Il sera pourvu à ces divers crédits au moyen des ressources ordinaires et extraordinaires des exercices 1840, 1841 et 1842.

Art. 6.

Comme l'art. 5 du projet du Gouvernement.

PROJET DE LOI *Présenté par le Gouvernement.*	PROJET DE LOI *Amendé par la Commission.*
sera, après la liquidation, acquitté sur les ordonnances du Ministre de la guerre et sur les crédits ouverts par la présente loi.	
	Art. 7. La première zone des servitudes militaires, telle qu'elle est réglée par la loi du 17 juillet 1819, sera seule appliquée à l'enceinte continue et aux forts extérieurs. Cette zone unique, de deux cent cinquante mètres, sera mesurée sur les capitales des bastions, et à partir de la crête de leurs glacis.
	Art. 8. Les limites actuelles de l'octroi de la ville de Paris ne pourront être changées qu'en vertu d'une loi spéciale.
	Art. 9. Il sera, tous les ans, rendu compte aux Chambres de l'exécution des travaux ordonnés par la présente loi.

APPENDICE AU N° 36.

DOCUMENTS.

EXTRAIT DES MÉMOIRES

POUR

Servir à l'histoire de France sous le règne de Napoléon, écrits à Sainte-Hélène, sous sa dictée, par les généraux qui ont partagé sa captivité. (Paris, 1830. — Bossange père.)

§ V.

Si les hostilités, comme il était à craindre, commençaient avant l'automne, les armées de l'Europe conjurée seraient beaucoup plus nombreuses que les armées françaises, et ce serait alors sous Paris et sous Lyon que se déciderait le destin de l'empire. Ces deux grandes villes avaient été jadis fortifiées, ainsi que toutes les capitales de l'Europe, et, comme elles, elles avaient depuis cessé de l'être.

Cependant si, en 1805, Vienne eût été fortifiée, la bataille d'Ulm n'eût pas décidé de l'issue de la guerre, le corps d'armée que commandait le général Kutusow y aurait attendu les autres corps de l'armée russe, déjà arrivés à Olmutz et l'armée du prince Charles arrivant d'Italie. En 1809, le prince Charles qui avait été battu à Echmühll, et obligé de faire sa retraite par la rive gauche du Danube, aurait eu le temps d'arriver à Vienne, et de s'y réunir avec le corps du général Hilier et l'armée de l'archiduc Jean.

Si Berlin avait été fortifiée en 1806, l'armée battue à Jéna s'y fût ralliée, et l'armée russe l'y eût rejointe.

Si, en 1808, Madrid avait été une place forte, l'armée française, après les victoires d'Espinosa, de Tudella, de Burgos et de Sommosierra, n'eût pas marché sur cette capitale, en laissant derrière Salamanque et Valladolid l'armée anglaise du général Moore et l'armée espagnole de la

Romana ; ces deux armées anglo-espagnoles se fussent réunies sous les fortifications de Madrid à l'armée d'Aragon et de Valence.

En 1812, l'Empereur Napoléon entra dans Moskou : si les Russes n'avaient pas pris le parti de brûler cette grande ville, parti inouï dans l'histoire et qu'eux seuls pouvaient exécuter, la prise de Moskou eût entraîné la soumission de la Russie ; car le vainqueur eût trouvé dans cette grande ville, 1° tout ce qui est nécessaire pour rétablir l'habillement et le matériel d'une armée ; 2° les farines, les légumes, les vins, les eaux-de-vie et tout ce qu'il faut pour la subsistance d'une grande armée ; 3° des chevaux pour remonter la cavalerie, et enfin l'appui de trente mille affranchis ou esclaves jouissant d'une grande fortune, fort impatients du joug de la noblesse, lesquels eussent communiqué des idées de liberté et d'indépendance aux esclaves : perspective effrayante qui eût conseillé au czar de faire la paix, d'autant plus que le vainqueur avait des intentions modérées. L'incendie détruisit tous les magasins, dispersa la population ; les marchands et le tiers-état furent ruinés ; et cette grande ville ne fut plus qu'un cloaque de désordre, d'anarchie et de crimes. Si elle eût été fortifiée, Kutusow eût campé sur ses remparts, et l'investissement en eût été impossible.

Constantinople, ville beaucoup plus grande qu'aucune de nos capitales modernes, n'a dû son salut qu'à ses fortifications ; sans elles l'empire de Constantin eût été terminé en 700, et n'eût duré que trois cents ans. Les heureux Mussen y auraient dès lors planté l'étendart du prophète ; ils le firent en 1440, environ huit cents ans après. Cette capitale dut à ses murailles les huit cents ans d'existence. Dans cet intervalle, assiégée cinquante-trois fois, elle le fut cinquante-deux inutilement. Les Français et les Vénitiens la prirent, mais après une attaque très-vive.

Paris a dû dix ou douze fois son salut à ses murailles ; 1° en 885, il eût été la proie des Normands ; ces barbares l'assiégèrent inutilement deux ans ; 2° en 1358, il fut assiégé inutilement par le Dauphin ; et si, quelques années après, les habitants lui en ouvrirent les portes, ce fut de plein gré ; 3° en 1359, Edouard, roi d'Angleterre, campa à Montrouge, porta le ravage jusqu'au pied de ses murailles, mais recula devant ses fortifications, et se retira à Chartres; 4° en 1427, le roi Henri V repoussa l'attaque de Charles VII; 5° en 1464, le comte de Charolais cerna cette grande capitale, il échoua dans toutes ses attaques; 6° en 1472, elle eût été prise par le duc de Bourgogne, qui fut obligé de se contenter de ravager sa banlieue; 7° en 1536, Charles Quint, maître de la Champagne, porta son quartier général à Meaux, ses coureurs vinrent sous les remparts de la capitale, qui ne dut son salut qu'à ses murailles; 8° et 9° en 1588 et 1589, Henri III et Henri IV échouèrent devant les fortifications de Paris; et si, plus tard, les habitants ouvrirent leurs portes, ils les ouvrirent de plein gré, et en conséquence de l'abjuration de Saint-Denis; 10° enfin, en 1663, les fortifications de Paris en sauvèrent, pendant plusieurs années, les habitants. Si Paris eût été encore une place forte en 1814 et en 1815, capable de résister seulement huit jours, quelle influence cela n'aurait-il pas eu sur les événements du monde!!!

Une grande capitale est la patrie de l'élite de la nation; tous les grands y ont leur domicile, leurs familles; c'est le centre de l'opinion, le dépôt de tout. C'est la plus grande des contradictions et des inconséquences que de laisser un point aussi important sans défense immédiate. Au retour de la campagne d'Austerlitz, l'Empereur s'entretint souvent et fit rédiger plusieurs projets pour fortifier les hauteurs de Paris. La crainte d'inquiéter les habitants, les événements qui se succédèrent avec une incroyable rapidité, l'empêchèrent de donner suite à ce projet. Comment, dira-t-on, vous prétendez fortifier des villes qui ont douze à quinze mille toises de pourtour? Il vous faudra quatre-vingts ou cent fronts, cinquante à soixante mille soldats de garnison, huit cents ou mille pièces d'artillerie en batterie. Mais soixante mille soldats sont une armée; ne vaut-il pas mieux l'employer en ligne? Cette objection est faite en général contre les grandes places fortes, mais elle est fausse en ce qu'elle confond un soldat avec un homme. Sans doute il faut, pour défendre une grande capitale, cinquante à soixante mille hommes, mais non cinquante à soixante mille soldats. Aux époques de malheurs et de grandes calamités, les États peuvent manquer de soldats, mais ne manquent jamais d'hommes pour leur défense intérieure. Cinquante mille hommes, dont deux à trois mille canonniers, défendront une capitale, en interdiront l'entrée à une armée de trois à quatre cent mille hommes, tandis que ces cinquante mille hommes, s'ils ne sont pas des soldats faits et commandés pas des officiers expérimentés, sont mis en désordre par une charge de trois mille hommes de cavalerie. D'ailleurs, toutes les grandes capitales sont susceptibles de couvrir une partie de leur enceinte par des inondations, parce qu'elles sont toutes situées sur de grands fleuves, que les fossés peuvent être remplis d'eau, soit par des moyens naturels, soit par des pompes à feu. Des places si considérables, qui contiennent des garnisons si nombreuses, ont un certain nombre de positions dominantes sans la possession desquelles il est impossible de se hasarder à entrer dans la ville.

Mais quel que fût le plan de campagne que l'on adoptât en 1815, quelque soin qu'on portât à armer et approvisionner et fournir de garnisons les quatre-vingt-dix places fortes des frontières de la France, si les ennemis commençaient les hostilités avant l'automne, Paris et Lyon étaient les deux points importants; tant qu'on les occuperait en force, la patrie ne serait pas perdue, ni obligée de se mettre à la discrétion des ennemis.

Le général du génie Haxo dirigea le système des fortifications de Paris. Il fit d'abord occuper les hauteurs de Montmartre, celles inférieures des moulins, et le plateau depuis la butte Chaumont jusqu'aux hauteurs du Père-Lachaise : quelques jours suffirent pour tracer ces ouvrages et leur donner une forme défensive. Il fit achever le canal de l'Ourcq, qui, de Saint-Denis, va au bassin de la Villette. Les officiers des ponts-et-chaussées furent chargés de ce travail ; ils s'en acquittèrent avec ce zèle et ce patriotisme qui les distinguent; les terres étaient jetés sur la rive gauche pour former un rempart. Ils construisirent, sur la droite, des demi-lunes couvrant les chaussées. La petite ville de Saint-Denis fut couverte par des inondations. Depuis les hauteurs du Père-Lachaise jusqu'à la Seine, la droite était appuyée à des ouvrages établis à l'Etoile, sous le canon de Vincennes, et à des redoutes dans le parc de

Bercy. Une caponnière de huit cents toises joignait la barrière du Trône à la redoute de l'Étoile. Cette caponnière se trouva toute construite ; la chaussée était élevée et revêtue par deux bonnes murailles. Ces ouvrages étaient entièrement terminés et armés de six cents pièces de canon au 1er juin.

Le général Haxo avait tracé les ouvrages de la rive gauche de la Seine, depuis vis-à-vis de Bercy jusqu'à la barrière au delà de l'École-Militaire : il fallait quinze jours pour les terminer. Ce système de fortifications sur les deux rives se communiquait en suivant la rive droite de la Seine par Saint-Cloud, Neuilly et Saint-Denis. La ville ainsi couverte, on devait construire un fort enveloppant l'arc-de-triomphe de l'Étoile, appuyant sa droite aux batteries de Montmartre et sa gauche à des ouvrages construits sur les hauteurs de la barrière de Passy, croisant leurs feux avec des ouvrages établis du côté de l'École-Militaire sur l'autre rive; enfin, trois forts servant de réduits aux fronts de Belleville situés sur l'extrême crête du côté de Paris, de manière que les troupes pussent s'y rallier, et empêcher l'ennemi, lorsqu'il aurait forcé l'enceinte, de découvrir Paris de ce côté.

Dans un système de fortifications permanentes pour cette ville, il faudrait étendre les inondations sur toutes les parties basses, et occuper, par de petites places, la tête de pont de Charenton et celle de Neuilly, c'est-à-dire la hauteur du Calvaire, afin que l'armée pût manœuvrer sur les deux rives de la Marne et de la Seine.

Ses parcs d'artillerie, pour la rive droite et la rive gauche, furent séparés. Les calibres de six, douze et dix-huit furent adoptés pour la rive gauche; ceux de quatre, huit, seize et vingt-quatre pour la rive droite, afin d'éviter la confusion des calibres. Des généraux, des colonels, un grand nombre d'officiers d'artillerie étaient uniquement attachés à la direction de ce service, ainsi que deux bataillons de canonniers de marine, venus des côtes de l'Océan, formant seize cents hommes, quatorze compagnies d'artillerie de ligne, formant quinze cents hommes, et vingt compagnies d'artillerie de garde nationale, des volontaires de l'école de Charenton, de l'école Polytechnique, des lycées, ce qui faisait cinq à six mille canonniers exercés, pouvant facilement servir mille pièces de canon. Quatre cents pièces de vingt-quatre, dix-huit, douze et six, de fer, étaient arrivées du Havre, provenant des arsenaux de la marine; elles étaient mises en batterie; six cents pièces de campagne, en bronze, avaient la même destination; vingt batteries de campagne attelées, formant quatre réserves de cinq batteries chacune, étaient disposées convenablement pour pouvoir se porter sur tous les points de la ligne, soit sur les retranchements de Belleville, soit sur les bords de la Seine qui seraient menacés. Indépendamment de ces six mille canonniers, cinquante-cinq mille hommes suffisaient pour la garde de l'enceinte, et Paris offrait une ressource assurée de plus de cent mille hommes sans affaiblir l'armée de ligne.

§ VI.

Le général de division du génie Lery dirigea les travaux de Lyon; cette place, située au confluent de la Saône et du Rhône, est forte par sa position. Il construisit une tête de pont aux Brottaux, sur la rive gauche du Rhône, pour couvrir le pont Morand. Il couvrit le pont de la Guillotière par un tambour, et fit établir un pont-levis sur l'arche du milieu. Le faubourg de la Guillotière est hors de la défense de la ville, mais habité par une population pleine de patriotisme et de courage; il jugea devoir le couvrir par un système de redoutes qui permît de le défendre longtemps. L'ancienne enceinte, sur la rive droite de la Saône, passe sur le sommet des collines et sur Pierre-Encise; elle fut relevée ainsi que celle entre Saône et Rhône: la véritable attaque de Lyon est sur ses fronts entre les deux rivières. L'ingénieur occupa en avant trois positions par des forts de campagne, qui étaient flanqués par l'enceinte et qui se flanquaient entre eux. Cent cinquante pièces de canon de marine, venues de Toulon, et cent cinquante bouches à feu de campagne, en bronze, furent mises en batterie. Le 25 juin tous ces ouvrages étaient élevés, palissadés, armés. Un bataillon de cannoniers de marine, fort de six cents hommes, neuf compagnies d'artillerie de la ligne, formant mille hommes, et neuf cents canonniers tirés de la garde nationale, de l'école Vétérinaire et des lycées, complétèrent le nombre des canonniers à deux mille cinq cents, ce qui était plus qu'il ne fallait pour le service des pièces. Un nombreux état-major d'artillerie y avait été attaché, des magasins considérables d'approvisionnement y étaient formés; quinze à vingt mille hommes étaient suffisants pour défendre Lyon : on était assuré de trente mille hommes sans affaiblir l'armée de ligne.

(Tome IX, p. 34 à 44.)

EXTRAIT

D'UN MÉMOIRE INÉDIT DU MARÉCHAL DE VAUBAN.

De l'importance dont Paris est à la France, et du soin que l'on doit prendre de sa conservation.

Si le prince est à l'État ce que la tête est au corps humain (1) (chose dont on ne peut pas douter), on peut dire que la ville capitale de cet État lui est ce que le cœur est à ce même corps. Or le cœur est considéré comme le premier vivant et le dernier mourant; le principe de la vie, la source et le siége de la chaleur naturelle, qui de là se répand dans toutes les autres parties du corps, qu'elle anime et soutient jusqu'à ce qu'il ait totalement cessé de vivre.

Il me semble que cette comparaison se peut très-bien appliquer au sujet dont nous voulons traiter, vu qu'il n'y a point de villes dans le monde avec qui elle ait plus de rapport qu'à Paris, capitale du royaume de France, la demeure ordinaire de nos rois et de toute la maison royale, des princes du sang, des Ministres, ducs, Pairs, maréchaux de France et autres grands officiers de la Couronne, des ambassadeurs des Rois et principales têtes couronnées de la chrétienté; c'est le siége d'un célèbre archevêché et d'un clergé très-considérable, dans lequel sont comprises plusieurs grosses et riches abbayes, celui de la principale cour du parlement du royaume et d'une très-grande quantité d'autres juridictions; le rendez-vous de toute la noblesse, des gens de guerre et de savoir de toute espèce, même des étrangers qui se rendent en foule de toutes parts et de tous pays.

(1) Ce n'est point un paradoxe, mais un axiome incontestable, de dire que le prince est ou doit être à l'État ce que la tête est au corps humain.

C'est le vrai cœur du royaume, la mère commune des Français et l'abrégé de la France, par qui tous les peuples de ce grand État subsistent, et de qui le royaume ne saurait se passer sans déchoir considérablement de sa grandeur.

Elle est très-bien située tant à l'égard de la santé, du commerce et des commodités de la vie, que des affaires générales et particulières ; peuplée d'une très-grosse bourgeoisie et d'une infinité d'artisans de toute espèce, parmi lesquels se trouvent les plus habiles ouvriers du monde en toutes sortes d'arts et de manufactures.

Elle est d'ailleurs très-marchande à raison du changement perpétuel des modes, des grandes consommations qui s'y font, et du nombre infini de gens de qualité qui la remplissent.

Comme elle est fort riche (1), son peuple encore plus nombreux ; naturellement bon et affectionné à ses Rois, il est à présumer que tant qu'elle subsistera dans la splendeur où elle est, qu'il n'arrivera rien de si fâcheux au royaume dont il ne se puisse relever par les puissants secours qu'elle peut lui donner. — Considération très-juste, et qui fait que l'on ne peut trop avoir d'égards pour elle, ni trop prendre de précautions pour la conserver, d'autant plus que si l'ennemi avait forcé nos frontières, battu et dissipé nos armées, et enfin pénétré le dedans du royaume, ce qui est très difficile je l'avoue, mais non pas impossible, il ne faut pas douter qu'il ne fît tous les efforts pour se rendre maître de cette capitale, ou du moins la ruiner de fond en comble : ce qui serait peut-être moins difficile présentement (que partie de sa clôture est rompue et ses fossés comblés) qu'il n'a jamais été, joint que l'usage des bombes s'est rendu si familier et si terrible dans ces derniers temps, que l'on peut le considérer comme un moyen très-sûr pour la réduire à tout ce que l'ennemi voudra avec une armée assez médiocre, toutes les fois qu'il ne sera question que de se mettre à portée de la bombarder (2). Or, il est très-visible que ce mal-

(1) Paris contient en soi seul plus de moitié des richesses du royaume.

(2) Il n'y a point de ville en Europe ni peut-être dans le monde où

heur serait l'un des plus grands qui peut jamais arriver à ce royaume, et que, quelque chose que l'on pût faire pour le rétablir, il ne s'en relèverait de longtemps et peut-être jamais (1).

C'est pourquoi il serait, à mon avis, de la prudence du Roi d'y pourvoir de bonne heure et de prendre les précautions qui pourraient la mettre à couvert d'une si épouvantable chute.

J'avoue que le zèle de la patrie, et la forte inclination que j'ai eue toute ma vie pour le service du Roi et le bien de l'État, m'y a fait souvent songer; mais il ne m'a point paru de jour propre à faire de pareilles ouvertures par le grand nombre d'ouvrages plus pressés qui ont occupé le Roi, tant sur la frontière qui a toujours remué depuis vingt-deux ans en çà, que par les bâtiments royaux qu'il a fait faire, et par le peu de dispositions où il m'a paru que l'esprit de son conseil était pour une entreprise de cette nature, qui, sans doute, aurait semblé à plusieurs contraire au repos de l'État et à tous d'une très-longue et difficile exécution, quoique le Roi ait entrepris et fait des choses qui la surpassent très-considérablement; joint que la prospérité de la France depuis vingt-cinq à trente ans avait si fort éloigné toutes les réflexions qui auraient pu donner des vues de ce côté-là, qu'il n'y avait nulle apparence de croire qu'une telle proposition dût être écoutée. Cependant, cette pensée qui, dans le commencement, ne m'a passé que fort légèrement dans l'esprit, s'y est présentée si souvent qu'à la fin elle y a fait impression, et m'a paru digne d'une très-sérieuse attention; mais n'osant la proposer à cause de sa nouveauté, j'ai cru du moins la devoir écrire, espérant qu'il se trouvera un jour quelque personne autorisée, qui lisant ce mémoire, y pourra faire réflexion; et que, poussé par la tendresse naturelle que tout homme de bien doit avoir pour sa patrie, il en parlera et peut-être en proposera-t-il l'exécution, qui, bien que dif-

---

l'effet des bombes soit plus à craindre qu'à Paris, toutes les fois que l'ennemi se pourra mettre à portée d'y en jeter.

(1) On n'a jamais guère vu la perte d'une ville capitale d'un État qu'elle n'ait été suivie de celle du dit État.

ficile et de grande dépense, ne serait nullement impossible étant bien conduite.

Après y avoir donc bien pensé, et cherché tous les moyens à tenir pour pouvoir mettre cette grande ville dans une sûreté parfaite contre tous les accidents de guerre qui pourraient la menacer, je n'ai trouvé que l'expédient qui suit, de bien raisonnable; il est simple et fort cher à la vérité, mais très-assuré, ainsi qu'on le verra ci-après; sur quoi il est à remarquer : premièrement que je n'ai nul égard aux surprises ni aux intelligences particulières, cette ville étant trop peuplée pour que l'on puisse rien entreprendre contre elle sans faire de gros mouvements de troupes qui découvriraient tout, joint que ce que j'ai à proposer est directement opposé à toutes les mauvaises subtilités que l'on pourrait mettre en pratique à cet égard; et secondement que je ne prétends mettre en avant que ce qui est nécessaire contre la bombarderie, les siéges réglés et les blocus, qui sont les seuls moyens qui paraissent capables de la pouvoir réduire. Venons au fait.

I.

Réparer les défectuosités de ce qui reste de sa vieille enceinte, et achever sa réforme telle qu'elle a été réglée en dernier lieu, revêtir ce qui ne l'est pas encore, et élever tout son revêtement de trente-six à quarante pieds au-dessus du fond des fossés, la faire flanquer simplement par les vieux bastions et grosses tours, telles qu'elles se trouveront sur pied, sinon en faire de nouvelles aux endroits où il en manquera, et les espacer de six vingts toises l'une de l'autre.

II.

Bien et proprement terrasser la dite enceinte; la rendre capable de porter un parapet à épreuve du canon, et environner le tout d'un fossé de dix à douze toises de large, profond de dix-huit à vingt pieds réduits avec ses bords, revêtu s'il est possible ; plus la prolonger de part et d'autre en travers de la Seine au-dessus et au-dessous de Paris, y bâtissant autant d'arches qu'il en sera nécessaire au passage des eaux, faire des ponts sur le derrière, et des bâtiments sur le devant de ces mêmes arches, pour y mettre à couvert les herses avec les tours servant à leur levée ; observant du surplus de raser tous les bâtiments des faubourgs qui approcheront plus près de vingt à trente toises de cette enceinte.

III.

Au lieu des portes d'à présent qui ne ferment point, ou qui le font très-mal, y en faire de nouvelles à deux ou trois fermetures, non compris les argues. Plus des corps-de-garde hauts et bas, grands et spacieux, et des ponts dormants coupés de ponts-levis avec des barrières à la tête.

IV.

Cette première enceinte étant mise en sa perfection, en faire une seconde à la très-grande portée du canon de la première, c'est-à-dire à mille ou douze cents toises de distance, occupant toutes les hauteurs convenables ou qui peuvent avoir commandement sur la ville, comme celles de Belleville, de Montmartre, Chaillot, faubourg Saint-Jacques, Saint-Victor, et toutes les autres qui pourraient lui convenir.

V.

Bastionner la dite enceinte, ou l'armer de tours bastionnées, la très-bien revêtir et terrasser, et lui faire un fossé de dix-huit à vingt pieds de profondeur, sur dix à douze toises de largeur, revêtu de maçonnerie.

VI.

Faire toutes les portes nécessaires par rapport à celles de la ville, avec leurs corps-de-garde, devant lesquelles portes il faudrait faire des demi-lunes aussi revêtues, de même que partout ailleurs où il en serait besoin, les environnant de fossés approfondis et revêtus comme ceux de la place.

VII.

Faire aussi des contregardes à l'entour des tours bastionnées, si on les préfère aux bastions, comme les figurés ci-après, revêtues jusqu'à la hauteur du parapet du chemin couvert, et le surplus de leur élévation de terre gazonnée ou plaquée, observant toutes les façons nécessaires à ces remparts et chemins couverts, et de donner à ces derniers au moins six toises de large en considération des assemblées qui s'y feront pour les sorties. On pourrait après planter tout le terre-plain et les talus des remparts d'ormes et autres bois particulièrement destinés aux besoins de cette fortification, sans jamais permettre qu'il en fût coupé pour autre usage que pour le canon, les palissades et fascines.

VIII.

Prolonger la dite enceinte et la continuer en travers de la rivière comme la première, afin d'éviter le défaut par lequel Cyrus prit Babylone.

IX.

Et parce qu'une ville de la grandeur de Paris, fortifiée de cette façon, pourrait devenir formidable, même à son maître s'il n'y était pourvu, faire deux citadelles à cinq bastions chacune dans la deuxième enceinte; savoir l'une sur le bord de la Seine au-dessus de la ville, et l'autre au-dessous dans l'endroit le plus propre; l'une tenant un bord de la rivière d'un côté, et l'autre de l'autre, toutes deux très-bien revêtues, et accompagnées de tous les dehors convenables, comme aussi de tous les magasins, arsenaux, souterrains et autres bâtiments nécessaires; on pourrait même ajouter encore un réduit ou deux dans les endroits de la même enceinte les plus éloignés des citadelles s'il en était besoin: ces places bâties à profit et splendidement sans rien épargner qui pût faire tort à leur solidité, par les suites bien garnies de canon, d'une douzaine ou deux de mortiers chacune, et de quatorze ou quinze mille bombes avec toutes les poudres et munitions nécessaires; il ne faudrait pas craindre que Paris se portât jamais à rien qui pût blesser son devoir.

X.

Mais comme ce ne serait pas suffisamment pourvoir à la sûreté de cette grande ville que d'y faire beaucoup de fortifications sans la garnir en même temps des munitions de guerre et de bouche nécessaires, il y faudrait bâtir des magasins à poudre capables d'en contenir au moins dix-huit cents milliers ou deux millions; des arsenaux pour toutes les autres sortes de munitions de guerre nécessaires, et des caves et magasins à blé en suffisante quantité; ces derniers pour pouvoir contenir deux millions et plus de septiers de blé, des légumes et des avoines à proportion; ce qui se pourrait facilement faire peu à peu en prenant le temps que les blés sont à bon marché.

XI.

Ces précautions seraient d'autant plus utiles que, dans les chères années, le peuple à qui l'on pourrait vendre de ces grains à un prix modique s'en trouverait soulagé, et qu'aux environs de Paris, à quarante lieues à la ronde, et le long des rivières navigables, les blés s'y vendraient toujours à un prix raisonnable dans le temps que la grande abondance les fait donner à vil prix, à cause des remplacements à faire dans les magasins; ainsi les fermiers seraient mieux en état de payer leurs maîtres qui perdraient moins sur leurs fermes, et le pauvre peuple serait toujours soulagé dans ses misères. J'ai dit deux millions de septiers de blé et plus, parce que je suppose que, dans un temps de siége, la bourgeoisie de Paris, jointe à ceux qui s'y réfugieraient des environs, et aux troupes renfermées entre la première et seconde enceinte, pourraient bien faire le nombre de sept à huit cent mille âmes, auquel cas il leur faudrait, pour une année, aux environs de deux millions cent mille septiers de blé, parce que chaque personne en consommerait près de trois septiers par an pour sa nourriture. Outre cette quantité dont il est bon d'être assuré, on pourrait faire publier par une ordonnance que quiconque voudrait se réfugier à Paris eût à y apporter une certaine quantité de grains et d'avoines, et toutes les autres victuailles qui pourraient tomber sous la main. Y faire amas de tous les bœufs, moutons, chairs fraîches et salées, volailles, fromages, légumes de toutes sortes, etc., qui se pourront trouver.

XII.

Faire garnir les ports de tous les bois de moules que l'on y pourrait faire descendre, ce qui serait fort aisé, et y amasser beaucoup d'avoine et de foin pour la cavalerie, paille hachée et non hachée. Plus, quantité de vin, d'eau-de-vie, d'orge et houblon pour faire de la bierre; du sel en quantité suffisante pour l'usage ordinaire et pour les salaisons, et généralement pour tout ce que l'on pourrait avoir besoin et imaginer capable de pouvoir faire subsister cette grande multitude un an durant, et surtout avertir de bonne heure les chefs de famille et gens aisés de se fournir de moulins à bras, de fours de blé, et de gouverner sagement leurs provisions pendant un siége, ne les consommant que très à propos.

XIII.

Cela une fois établi, et la place munie de dix-huit cents à deux millions de poudre, de quatre cents pièces de canon, de soixante à quatre-vingt mille mousquets et fusils dans les magasins, et d'autres armes à proportion, outre celles que les particuliers auraient chez eux, si, dans un temps que toute la terre serait liguée contre vous, il arrivait que la frontière fût forcée et la ville en péril d'être assiégée, quelque malheur qui pût arriver à nos armées et au surplus du royaume, il est probable qu'elle ne serait jamais tellement défaite que le Roi ne fût toujours en état de retirer vingt-cinq à trente mille hommes dans l'entre-deux des enceintes, auxquels Paris en pourrait joindre huit à dix mille d'assez bonnes levées dans l'enclos de ses murailles, sans toucher à la garde ordinaire des bourgeois qui ne laisserait pas d'aller son train; moyennant quoi, j'estime qu'il n'y a point dans la chrétienté d'armée, quelque puissante et formidable qu'elle pût être, qui osât entreprendre de bombarder Paris, et encore moins de l'assiéger dans les formes, vu premièrement qu'il ne lui serait pas possible de l'approcher d'assez près pour pouvoir tirer des bombes jusque dans l'enclos de la ville, à cause de la deuxième enceinte qui les tiendrait éloignés à trois grands quarts de lieue de la première. Secondement, qu'il ne serait pas possible à une armée de deux cent mille hommes de la prendre par un siége forcé à cause de l'étendue de sa circonvallation, qui ayant douze à treize grandes lieues de circuit, l'obligerait d'étendre fort ses quartiers, qui en seraient par conséquent affaiblis, et à se garder partout également, sous peine d'en voir enlever tous les jours quelqu'un. Troisièmement, qu'il ne pourrait entreprendre deux attaques séparées, puisque, pour pouvoir fournir à la garde des tranchées, il faudrait employer plus de trente mille hommes, sans compter les travailleurs et gens occupés aux batteries. Quatrièmement, qu'on ne pourrait point le faire par deux attaques liées, attendu que, pour pouvoir fournir à la même garde, il y aurait tels quartiers qui auraient trois journées de marche à faire, et autant pour s'en retourner, ce qui les mettrait dans un mouvement perpétuel qui ne leur laisserait aucun repos. Cinquièmement, que dès le douze ou quinzième jour de tranchée, pour peu qu'il y eût eu d'occasions, leurs forces seraient considérablement diminuées, et leurs troupes obligées de monter de trois à quatre jours l'un, auquel cas elles ne pourraient pas relever à cause de l'éloignement des quartiers; à quoi il faut ajouter que les fréquentes sorties grandes et petites qui se feraient à toute heure par de si grandes troupes, le grand feu qui sortirait des remparts et chemins couverts, et la grande quantité de canons dont elle pourrait se servir, empêcheraient les travailleurs de faire chemin, et réduiraient ce siége à une lenteur qui, ayant bientôt épuisé leurs armées d'hommes et de munitions, les contraindrait à lever honteusement le siége.

XIV.

De la prendre par famine, il ne sera pas possible non plus, vu que si la ville était pourvue, comme nous venons de dire, elle aurait des vivres pour un an et plus, moyennant quoi il n'y a point d'armée qui pût subsister si longtemps devant Paris, parce qu'il est à présumer que la plupart des vivres qui se trouveraient à quinze lieues à la ronde, aussi bien que les habitants, auraient été retirés dans la ville. Je dis même que les armées qu'il y faudrait pour y pouvoir simplement former un blocus, n'y pourraient pas subsister ce temps-là. Or, du moment qu'elles ne pourraient plus tenir la campagne, les assiégés seraient en état de s'y mettre, et de les aller chercher dans leurs quartiers, qui étant séparés et nécessairement éloignés les uns des autres, ne pourraient pas s'y maintenir. Que si pour éviter ces inconvénients, l'ennemi s'éloignait encore davantage, le pays s'ouvrirait, et pour lors, à moins que tout ne fût saccagé et les peuples exterminés, les moins éloignés ne manqueraient pas d'y apporter ce qu'ils pourraient, par l'espérance du gain ; ainsi Paris se soutiendrait facilement et sauverait le royaume, puisqu'il est bien sûr que tous les principaux habitants des moindres villes et de la campagne, à plus de cinquante lieues à la ronde, y réfugieraient ce qu'ils auraient de meilleur; et, loin d'être réduite au pouvoir de l'ennemi, elle donnerait moyen au Roi de remporter de notables avantages sur lui, et, au pis aller, de se tirer d'affaire par quelque traité qui pourrait même lui devenir avantageux, à raison de l'impossibilité que les ennemis verraient de la pouvoir forcer, et du mauvais état où de telles entreprises auraient réduit leurs armées.

XV.

Au reste, bien que le temps qu'il faudrait employer à toute cette fortification, et la dépense nécessaire à sa construction, paraisse d'abord très-considérable, cela n'irait pas si loin que l'on pourrait bien penser, et j'estime qu'en se servant un peu du travail des troupes, on pourrait venir à bout de bâtir les deux enceintes, avec les citadelles et tous les bâtiments intérieurs et extérieurs qui leur pourraient convenir, en douze années de temps bien employées ; et que, pour la dépense, vingt-quatre millions pourraient suffire abondamment en bâtissant noblement et avec toute la solidité requise à de tels ouvrages. Or, je ne fais pas grand cas d'une telle dépense, parce que l'argent ne ferait que circuler et revenir toujours au même point d'où il serait parti, sans qu'il sortît une pistolle du royaume, n'étant pas ici question d'aucun ouvrier ni de matériaux étrangers, bien au contraire, le moellon, la pierre de taille, et de quoi faire la chaux se trouvant presque partout avec toute l'aisance possible.

En voilà assez pour faire concevoir l'idée qu'on doit avoir de la grandeur et conséquence de Paris par rapport à la guerre. C'est à ceux qui aimeront véritablement le Roi et l'État, et qui se trouveront en situation convenable pour le pouvoir proposer, d'examiner à fond cette proposition; et si, après l'avoir bien examinée, on la trouve digne d'une sérieuse attention, de lui donner toute l'étendue qu'elle mérite; après quoi, si la résolution suit, il sera facile d'en faire le projet, et ce sera pour lors qu'il en faudra régler tous les dessins généraux et particuliers, avec toutes les instructions nécessaires à leur exécution, auxquelles il faudra ajouter l'examen des propriétés de cette ville, le démembrement de son peuple effectif, celui à peu près dont il pourraït augmenter en cas de siége, afin de diriger sur telles vues les bâtiments, les magasins et arsenaux qu'il y faudra faire. Ce dessin ne se pourra exécuter que dans une paix profonde, et après avoir réglé et affecté les fonds que le Roi voudra annuellement y dépenser, desquels il ne faudra souffrir aucune distraction pour quelque raison que ce puisse être. Je suis persuadé qu'il y faudra bien employer dix ou douze années de temps pour la pouvoir totalement finir.

Au surplus, je répète encore que la dépense de ces ouvrages n'est pas ce qui en doit rebuter le Roi, puisqu'il n'en sortira pas une pistole du royaume; ce sera un argent remué aux environs de Paris, qui donnera à vivre à quantité de pauvres gens, et fera que les autres en payeront mieux la taille, parce qu'il s'y fera plus de consommation. Et pour conclusion, cet argent faisant sa circulation un peu plus vite que d'ordinaire, reviendra toujours à son centre beaucoup mieux que de toute autre façon.

Résultat des recherches faites par la Commission sur la question des approvisionnements.

La Commission a consulté la police de Paris, par l'intermédiaire de M. le Ministre de l'intérieur, qui a lui-même donné les explications verbales les plus rassurantes.

Elle a entendu les diverses personnes compétentes, notamment M. Darblay, Député, membre du conseil supérieur et de la société d'agriculture; M. Louis Millot, ancien élève de l'école Polytechnique, attaché à l'administration et auteur de recherches statistiques et de la *Dépense du Parisien.*

La Commission, dans ses prévisions, s'est arrêtée aux résultats suivants comme les plus certains et les plus concluants.

FARINE ET PAIN.

M. Darblay, dont l'expérience est irrécusable, déclare qu'à Paris 950,000 habitants consomment 2,200 sacs de farine à 159 kilogrammes.

C'est donc par habitant et par jour en farine mise au pétrin de boulangerie....................	k. 0,3682
Eau mélangée à la farine 55 pour cent du poids..................................	0,2000
Sel, levure et fleurage....	0,0040
Masse totale mise au four................	0,5722
Évaporation au four par la cuisson, 13 à 17 pour cent..........................	0,0898
Différence en ration journalière en pain blanc extrait du four....................	0,4824

La farine a donc rendu en pain *134 pour cent de son*

poids, c'est-à-dire le poids exact du grain qu'il avait fallu pour la produire. En effet, 0 kil. 4824 de froment à 76 pour cent de rendement en farines blanches, les bises et les issues étant abandonnées au meunier, représentent exactement 0 kil. 3666 de farine et 0 kil. 4824 de pain.

Un habitant qui consomme 482 grammes de pain blanc est aussi bien et même mieux nourri que le militaire rationné à 750 grammes de pain bis, puisque plus la farine est glutineuse et adhérente à l'estomac, plus elle est nourrissante.

Ainsi 2,200 sacs de farine par jour, pour 950,000 habitants, sont l'équivalent pour une population de 137 centièmes, ou 1,300,000 habitants, de 3,014 sacs de consommation journalière.

Pendant soixante jours, 1,300,000 habitants et militaires devront consommer.................. 180,840 sacs.

Mais puisque la police annonce un effectif de 106,000 sacs de farines au grenier d'abondance et dans les magasins particuliers de la boulangerie, ci......................... 106,000

Il resterait à pourvoir extraordinairement à l'achat de.......................... 74,840

de farines blanches et bises, représentant, à 220 kilogrammes de froment par sac de farine, la quantité équivalente de 164,648 quintaux métriques de grain. Ces 164,648 quintaux de grain représentent, à 25 fr., prix d'achat favorable à l'agriculture, une somme de 4,125,000 fr., et en pain 5,500,000 fr.

En résumé, d'après la déclaration de la police, la boulangerie parisienne peut, dans ses habitudes, et avec ses seules ressources, pourvoir à la nourriture de 1,300 mille habitants pendant.......................... 35 jours.

Dès lors les provisions ou l'approvisionnement extraordinaire de prévoyance se réduirait à.. 25

Total égal en nourriture................ 60 jours.

BESTIAUX. — VIANDES.

Les tableaux présentés par M. Millot font ressortir la consommation maximum à 20 kilogrammes de viande par habitant pour cent jours, ou 2 hectogrammes par jour, ce qui est en rapport avec les habitudes parisiennes et les rations militaires de siége.

Un habitant consommant par jour 0_k, 20,100, consommera pour soixante jours 12_k, 06 ; il en résulte que, pour 1,300,000 habitants, et pour soixante jours, il faudrait 15,678,000 kilogrammes de viandes, qui se répartiraient habituellement, en viandes fraîches 80 pour 100, en viandes de porc ou salées, 20 pour 100. Mais, dans l'état de siége, il y a lieu de supprimer la consommation des veaux, de réduire le nombre des bœufs réunis difficilement au delà de 20,000 dans les régions du centre et de l'est.

La police suppose que, pour quatre-vingt-dix jours d'alimentation en bestiaux de bonne nature, en bon état, mais non engraissés et ne provenant pas de gras pâturages, 20,000 bœufs et 150,000 moutons suffiraient, sans précompter les 14,000 vaches laitières qui existent dans le département de la Seine.

20,000 bœufs à 330 kilogrammes de viandes à la cheville ou à l'étal	6,600,000 kil.
150,000 moutons à 21 kilogrammes de viandes à la cheville ou à l'étal	3,150,000
Total en viandes fraîches	9,750,000
Dès lors le complément de l'approvisionnement en viande salée de porc représenterait, à 80 kilogrammes par tête, 74,100 porcs, ou en viandes	5,928,000
Total égal aux rations de 1,300,000 habitants pour soixante jours	15,678,000 kil.

Depuis quelques années, Paris consomme 70,000 bœufs, 20,000 vaches, 79,000 veaux, 427,000 moutons, et de 83 à 92,000 porcs, indépendamment de l'apport par les forains et la banlieue de 2,800,000 kilogrammes de viandes, 1,400,000 kilogrammes d'abats et issues, et 820,000 kilogrammes de charcuterie.

Les envois et origines des bestiaux se résument principalement, savoir :

	BOEUFS.	VACHES.	VEAUX.	MOUTONS.	
Anjou.......	12,000	"	"	19,000	
Artois......	"	"	1,180	22,000	
Berry.......	6,500	"	"	37,000	
Bourbonnais..	4,000	"	"	6,000	
Bourgogne...	4,000	"	"	21,000	
Champagne..	1,400	"	"	46,000	
Flandres.....	"	"	"	20,000	
Ile-de-France.	700	15,000	79,000	210,000	Seine, Seine-et-Oise, Oise, Seine-et-Marne en partie.
Limousin....	15,000	"	"	17,000	
Nivernais....	1,500	"	"	3,000	
Orléanais....	"	"	13,000	27,000	
Poitou.......	10,000	"	"	37,000	
Normandie. .	51,000	3,000	16,000	44,000	
TOTAL...	104,000	18,000	109,180	559,000	

Puisque la population, pour être active et militante, doit être fortement nourrie en viandes, et que les arrivages sur les marchés généraux de Poissy et de Sceaux, la Chapelle, dépassent 255,000 têtes bovines et 680,000 têtes ovines, on pourrait, au besoin, étendre l'approvisionnement jusqu'à des limites de prévision plus étendues, jusqu'à 20,000 bœufs,

20,000 vaches, 200,000 moutons et 100,000 porcs, ce qui revient à quatre-vingts jours de nourriture en viandes fraîches et salées.

Dans tous les cas, et pour cet approvisionnement de 1,300,000 rations pendant soixante jours, il est indispensable de réunir la quantité nécessaire et suffisante de 20,000 bœufs, 150,000 moutons, 74,000 porcs : ces grands troupeaux resteraient en dehors des abris, qui ne seraient jamais assez vastes, en triplant même les cinq abattoirs généraux de la capitale. Pour prévenir le danger des épizooties, les bestiaux seraient donc répartis par petits parcs rapprochés à la dernière extrémité des deux enceintes, et dans la direction du Point-du-Jour au canal Saint-Denis, entre l'enceinte projetée et la Seine, sur plus de 1,000 hectares d'étendue.

Le but principal serait atteint, la solution des questions les plus graves de la nourriture en pain, farineux, viandes, salaisons, serait complète. Les entrepôts municipaux et généraux, les magasins et chantiers du commerce, concentrent tout ce qui est nécessaire en boissons et liquides oléagineux pour sept mois ; en combustible pour six mois ; sauf le charbon de terre dont les dépôts doivent être doublés en concordance avec les dates d'ouverture des canaux : il existe des objets divers, des conserves et épiceries pour quatre et six mois, et du sel pour plus d'une année.

La *nourriture*, le *chauffage* et l'*éclairage* laissent donc toute sécurité et peuvent être largement garantis.

Quant à l'approvisionnement plus difficile en fourrages pour les chevaux et les bestiaux, il pourrait également être réalisé et maintenu en bonne conservation sous des abris, loin des projectiles ; le volume des foins pourrait être diminué au moyen des presses hydrauliques, qui renfermeraient le poids de cent bottes de fourrage dans l'espace d'un mètre cube ; on accumulerait des pailles hachées, des menus grains, des avoines et des maïs, de manière à réduire de moitié la ration du foin s'il était nécessaire. La paille pour la literie, le campement et les autres destinations est comptée dans les calculs.

M. Millot avait annoncé 37,000 chevaux, dont 22,000 nourris à Paris, y compris les équipages qui apportent l'approvisionnement des halles.

La police a constaté, en 1839, le dénombrement de 36,243 chevaux dans le département de la Seine ; savoir : 17,469 chevaux dans les écuries de Paris, et 18,774 dans les 81 communes rurales.

L'approvisionnement de prévoyance devrait donc suffire pour 59 à 60,000 chevaux, y compris 23,000 chevaux de cavalerie, d'artillerie, d'équipages et d'ambulance, pour 20,000 bœufs, 150,000 moutons et près de 30,000 porcs.

Pour les chevaux, le nombre de rations doit demeurer permanent ; pour 60 jours, sauf réduction en poids, ou modification dans la proportion du fourrage et du grain ; mais, pour les bestiaux, la consommation serait décroissante proportionnellement aux abattages journaliers ; elle peut être évaluée en moyenne à 30 jours.

La Commission a analysé les rapports de la production à la consommation dans cette fertile région du Nord qui, formée des onze départements autour de Paris, récolte le quart des froments de France.

Cette immense accumulation de fourrages n'est pas en disproportion avec les ressources des départements les plus rapprochés de la capitale et les plus productifs en plantes fourragères et en céréales et légumineux.

Seine-et-Oise seul nourrit plus de 750,000 têtes ovines, et réunit 71,000 hectares de prairies et pâturages; Seine-et-Marne, 298,000 hectares ; Eure-et-Loir, 48,000 hectares.

Les pailles sont surabondantes dans les environs de Paris.

Quant aux avoines,

La Seine-Inférieure récolte, en avoine,	2,500,000 hectolit.
Seine-et-Oise	2,098,000
Seine-et-Marne....................	1,938,000
L'Oise	1,553,000
L'Aisne	2,035,000
Eure-et-Loir	1,958,000
Les six départements	12,082,000 hectolit.

Les onze départements de la région du Nord récoltent

18,000,000 d'hectolitres sur 49,000,000 d'avoine que produit la France, c'est-à-dire 40 pour 100 de la production totale. Paris achète annuellement une grande masse de fourrages, 8 à 9,000,000 de bottes de foin, 12,000,000 de bottes de paille, 1,062,000 hectolitres d'avoine pour tous les usages, à raison de 47 kilogrammes l'hectolitre.

Il est admis que les races chevalines, bovines et ovines seraient bien nourries, par jour, savoir :

	FOIN.	PAILLE.	AVOINE OU MENUS GRAINS	
	k	k	k	litres.
Un cheval de trait...	6,65	7,50	7,07	15
Un cheval de luxe..	3,75	7,50	5,64	12
Un bœuf qui ne travaille pas.........	5,00	6,00	1,41	3
Un mouton.........	1,00	1,00	0,141	0,3déc.
60,000 chevaux à la plus forte ration exigeront par jour....	399,000	450,000	424,200	900,000
20,000 bœufs........	100,000	120,000	28,200	60,000
150,000 moutons.....	150,000	150,000	21,150	45,000
60,000 chevaux nourris 60 jours consommeront...........	23,940,000	27,000,000	25,452,000	54,000,000
20,000 bœufs nourris 30 jours consommeront...........	3,000,000	3,600,000	846,000	1,800,000
150,000 moutons nourris 30 jours consommeront...........	4,500,000	4,500,000	634,500	1,350,000
Les bestiaux.....	7,500,000	8,100,000	1,485,500	3,150,000
Total général pour les chevaux et bestiaux.	31,440,000	35,100,000	26,935,500	57,150,000
Total en poids...	... 93,475 tonneaux de mille kilogrammes.			

Ce qui représente 6,288,000 bottes de foin, ou 73 p. 100 de la consommation de Paris, ou le service de 266 jours.

— 7,020,000 bottes de paille, ou 58 p. 100 de la consommation de Paris, ou le service de 211 jours.

— 571,800 hectos d'avoine, ou 53 p. 100 de la consommation de Paris, ou le service de 193 jours.

Mais le foin étant plus difficile à accumuler que les grains, on pourrait rationner les chevaux en paille et avoine seulement, ce qui augmenterait la quantité des avoines nécessaires, mais réduirait les foins à la quantité de un million cinq cent trois mille bottes de foin, ce qui représente le sixième de la consommation annuelle de Paris.

Au maximum :

5 millions de bottes de foin à 70 fr. le cent.	3,500,000 fr.
9 — paille et paille hachée à 40 fr. le cent.................	3,600,000
900 mille hectolitres d'avoine à 9 fr. l'hectolitre..........................	8,100,000
	15,200,000 fr.

En résumé, la Commission reconnaît la possibilité de réaliser tout ce qui se rattache à la consommation des objets de première nécessité pour une population de un million trois cent mille habitants et militaires, pendant soixante jours et au delà.

La Commission annexe à son rapport :

1° La note sur l'approvisionnement, communiquée par M. le Ministre de l'intérieur;

2° Les tableaux fournis par M. Millot, comme résultat des réponses faites devant la Commission et des recherches qu'il a réunies dans un travail d'ensemble.

TABLEAU RÉCAPITULATIF de l'approvisionnement de
pour douze cent

CHAPITRES.	OBJETS de CONSOMMATION indispensable.	POIDS ou MESURES. Tonneaux de 1,000 k.	MAGASINAGE en mètres cubes.	MAGASINAGE en mètres superficiels.	DÉPENSE générale en FRANCS.
Grains ou farineux et supplétifs.	Pain (ou froment)	48,240	64,320	96,480	16,855,760
	Riz	5,000	6,500	5,000	2,000,000
	Fécules	5,000	8,500	2,500	1,000,000
	Légumineux	5,000	3,500	5,000	2,500,000
	Menus grains	5,000	8,500	5,000	2,000,000
Boissons et liquides.	Vins	40,000	40,500		28,350,000
	Eau-de-vie	2,484	2,400		8,280,000
	Cidre et poiré	800	750		187,500
	Bière	4,000	4,800		1,125,000
	Huile d'olive	440	450		990,000
	Huile commune	3,312	3,600		3,384,000
	Vinaigre	900	900		630,000
Comestibles. viandes.	Viande de bœuf	10,220		aux pâturages,	11,035,860
	— de vache	1,050		bestiaux sur pied,	913,616
	— de veau	2,020			2,745,184
	— de mouton	3,200		47,000 hectar.	3,520,132
	— à la main	840		En troupeaux;	″
	— abats et issues	240		bestiaux sur pied,	″
	— de porc	2,280		172 hectares.	3,446,688
	— de charcuterie	210			″

nt jours pour un million d'habitants, ou quatre-vingts jours lle habitants.

OBSERVATIONS.

e calcul de la ration journalière se déduit facilement en pain par habitant. 0 k. 4800
Et en farineux en masse 0, 6824

éjà trente-cinq jours de nourriture prévus dans le service de la boulangerie de Paris.

es entrepôts municipaux, en vins, eau-de-vie et huile, et ceux de Bercy, réunissent pour plus de sept mois de consommation.

es brasseries de Paris, conservées avec des provisions d'orge et de houblon et sirops de pomme de terre, suffisent, et au delà.

írement le Parisien consomme plus de 62 kilogrammes de viande par an, et la population dépense plus de 69 millions pour cet article.

os calculs, plus larges pour le siége, sont basés sur 68 kilogrammes par an, ou pour cent jours 20 kilogrammes par habitant, 2 hectogrammes par jour.

e grand nombre de bœufs et de veaux nécessaire aux habitudes ne pouvant être réunis pendant le siége, la même masse de 20 millions de kilogrammes de viande ressortira de la répartition de

20,000 bœufs à 330 k........	6,600,000 kilog. de viande.
20,000 vaches à 260 k........	5,200,000
200,000 mout. à 21 k........	4,200,000
100,000 porcs à 80 k........	8,000,000
340,000 têtes de bétail........	24,000,000

i l'on voulait saler 5,000 bœufs et en remplacer 5,000 autres par 20,000 porcs, l'économie en fourrage serait de 652,000 francs.

450,000 bottes de foin.
540,000 bottes de paille.
13,500 hectolitres d'avoine.

lus les abats et issues de ces bestiaux, j'ai compris 24 millions de kilogrammes pour prévoir le dépérissement des animaux et garantir largement les 20 kilogrammes de viande par habitant, plus les abats et issues : la salaison peut être une garantie de longue conservation, mais la population peut, pendant 50 jours, avoir moitié de la ration en viande fraîche.

CHAPITRES.	OBJETS de CONSOMMATION indispensable.	POIDS ou MESURES. — Tonneaux de 1,000 k.	MAGASINAGE en mètres cubes.	MAGASINAGE en mètres superficiels.	DÉPENSE générale en FRANCS.
		Le stère de bois dur, à 800 kil. et le bois blanc à 600 kil.			
		Tonneaux.			
Comestibles.	Bois dur	309,300			7,077,000
	Bois blanc	36,700			1,077,000
	Fagots	13,470			873,000
	Charbon de bois	74,400			3,705,000
	Charbon de terre	27,300			1,884,000
	Idem	27,000			3,000,000
				en meules ou comprimés à la presse hydraulique.	
Fourrages.	Foin	37,300	100,000		5,750,000
	Paille	38,974	140,000		4,720,000
	Avoine	30,465	3,700	10,000	8,400,000
Objets divers d'alimentation.	Sels	1,452			684,000
	Suifs	1,395			1,746,000
	Fromages secs	307			615,000
	Cire blanche	66			459,000
	Cire jaune	21			111,000
	Orge	2,136			342,000
	Houblon	315			63,000
	Beurre salé	1,416			3,114,000
	OEufs, 7 au kilogr.	3,000			1,632,000

OBSERVATIONS.

Le combustible est une puissance motrice du premier ordre. A poids égal, le charbon de terre a, comparativement au bois, une force double en calorique; il faut donc accumuler la houille pour toutes les éventualités extraordinaires du chauffage, soit pour les machines à vapeur appliquées à la mouture des grains, soit pour le travail du fer *et réparations d'armes*, soit pour l'éclairage au gaz.
Londres consomme 22 millions de tonneaux de houille.
Les chantiers de Paris ont souvent l'approvisionnement annuel en bois, et dans les grands hivers on consomme un tiers de plus; il suffirait de pourvoir aux houilles en rapport avec l'ouverture des canaux belges et français.

Ici la prévision la plus large, pour les 37,000 chevaux du département dont 22,000 nourris à Paris, ci 44,000 demi-rations de chevaux et pour 10,000 bœufs, 15,000 vaches, 100,000 moutons pendant cent jours, puisque l'abattage journalier réduira les troupeaux à parquer aux abattoirs, dans le bois de Boulogne, et au nord-ouest de Paris, et entre les deux enceintes à la dernière extrémité. Employer la presse hydraulique pour mettre les fourrages en cube comprimé, comme les Anglais l'envoyaient en Portugal. Un cheval de trait, le mieux nourri, consomme, en cent jours, en foin........ 665 kilogrammes.

En paille...... 750
Avoine.... 707

2,122

La literie et la nourriture des animaux en paille et paille hachée, sont prévues. Le bœuf consomme, par jour, 12 kilog. de foin et paille; le mouton 2 kilog. de foin et paille.

L'entrepôt existe pour 3 ans de débit.
Plus le suif des animaux abattus.

Au besoin augmenter pour les animaux, ce qui est facile.

De la Normandie, Bretagne.
Conservés dans la cendre, le son, et hors du contact de l'air.

CHAPITRES.	OBJETS de CONSOMMATION indispensable.	POIDS ou MESURES. — Tonneaux de 1,000 k.	MAGASINAGE en mètres cubes.	MAGASINAGE en mètres superficiels.	DÉPENSE générale en FRANCS.
Conserves, salaisons et provisions pour malades.	Volaille et gibier.....	2,700			2,700,000
	Poisson d'eau douce...	186			186,000
	Coquillage........	276			276,000
	Marée............	1,355			1,355,000
	Lait...............	2,400			2,400,000
	Légumes et fruits secs	5,000			4,110,000
	Sucres et conserves...	8,000			6,540,000
	Café.	1,000			2,625,000
	Thé et cacao.........	800			261,000
	Epicerie, miel, assortiment..............	1,500			684,000

RÉ

	Pour un million d'ha-	
1° Grains, pain et farineux alimentaires......................	68,240	98,320
2° Boissons et liquides............	52,206	55,100
3° Comestibles viandes..........	20,100	40,000
4° Combustibles, stère et kilog....	508,170	468,900
5° Fourrages, 100 à.............	146,939	243,0 0
6° Objets divers, sels et beurres...	12,300	5,000
7° Conserves, salaisons..........	17,917	30,000
	825,672	938,320

Les articles compris aux quatre chapitres II, IV, VI et VII, sont ordinairement réalisés les magasins du commerce, ou faciles à se procurer.

Savoir : Les boissons et liquides pour sept mois, les combustibles, sauf le charbon de sels, pour plus d'une année.

OBSERVATIONS.

:n conserves, pâtes et système d'Appert pour la marine.

luîtres marinées.
oissons salés, mornes, etc.
es 15,000 vaches tuées les dernières.
onserves.
xiste aux entrepôts.
Idem.
Idem, beaucoup de chocolat.
'our les malades, indépendamment des provisions d'hôpitaux.

JMÉ.

tants pendant 100 jours.		Pour treize cent mille habitants pendant 60 jours.	
		Tonneaux.	fr.
113,980	24,335,760	53,227	18,981,892
180,000	42,946,800	40,721	33,498,270
1,720,000	21,631,480	15,678	16,872,534
100,000	17,016,000	396,372	13,272,480
140,000	15,870,000	114,612	12,378,600
10,000	8,736,000	9,594	6,814,080
10,000	21,078,000	13,975	16,440,840
2,273,980	151,613,740	644,179	118,258,716

vance et pour de longues périodes dans les entrepôts municipaux et généraux, ou dans
re, pour six mois et plus; les objets divers et conserves, pour quatre à six mois; les

L. MILLOT.

DEUXIÈME NOTE

SUR L'APPROVISIONNEMENT DE PARIS.

RÉPONSE AUX QUESTIONS POSÉES PAR M. LE MINISTRE DE L'INTÉRIEUR.

1° *Comment sont constatées les quantités de farines qui existent à Paris ?*

2° *Donner ces quantités à diverses époques depuis quelques années.*

L'état ci-joint répond à ces deux questions, et confirme ce qui a été dit dans la précédente note.

RELEVÉ de l'Approvisionnement annuel de Paris, en farin

ANNÉES.	APPROVISIONNEMENT EXIGIBLE DES BOULANGERS.	APPROVISIONNEMENT CONSTATÉ (1).		DÉPOTS DE GARANTIE DES BOULANGERS.	RESTANTS EN HALLE.	
1.	2.	3.		4.	5.	
			s.			
1836	64,820	Minimum.—Janvier.	58,908	12,020	Minimum.—Août...	10
		Maximum.—Mai....	68,225		Maximum.—Mai....	15
		Moyenne..........	64,331		Moyenne..........	12
1837	64,820	Minimum.—Janvier.	60,796	12,020	Minimum.—Janvier.	14
		Maximum.—Mai....	69,872		Maximum.—Août...	26
		Moyenne..........	65,537		Moyenne..........	22
1838	63,510	Minimum.—Novemb.	59,387	12,020	Minimum.—Novem.	11
		Maximum.—Mai....	72,000		Maximum.—Mai....	34
		Moyenne..........	64,796		Moyenne..........	24
1839	65,170	Minimum.—Septem.	56,772	12,020	Minimum.—Janvier.	17
		Maximum.—Janvier.	66,410		Maximum.—Mai....	22
		Moyenne..........	63,027		Moyenne..........	20
1840	65,170	Minimum.—Septem.	55,985	12,020	Minimum.—Novem.	7
		Maximum.—Janvier.	65,118		Maximum.—Avril...	34
		Moyenne..........	60,050		Moyenne..........	22

(1) Cet approvisionnement est constaté de deux manières :

1° Par les commissaires de police qui sont chargés de pro[…] simultanément à la fin de chaque quinzaine, au recensement des fa[…] existant chez les boulangers de leurs quartiers respectifs ;

2° Par un inspecteur spécial de la boulangerie, sous la directio[…] contrôleur général de la halle aux grains et farines, qui est charg[…] son côté de procéder, dans le courant de chaque mois, à un recense[…] de l'approvisionnement des boulangers, recensement qui est la co[…] vérification de celui qui est fait par les commissaires de police.

ndant les années 1836, 1837, 1838, 1839 et 1840.

ÉPOTS TICULIERS ET ONTAIRES.	TOTAL des 4 dernières colonnes.	TOTAL de la 1re et des 3 dernières colonnes.	OBSERVATIONS.
6.	7.	8.	9.
"	80,940	83,852	
"	95,574	89,169	
"	89,105	86,594	
"	87,329	88,353	Dans cet état ne sont point comprises les farines qui, aux époques indiquées, pouvaient exister dans les magasins du commerce.
"	108,658	100,606	
"	99,870	96,153	
"	85,154	87,307	
"	118,149	109,659	
"	101,215	99,929	
"	86,438	94,854	
"	101,572	100,151	
"	95,604	97,747	
937	74,292	85,970	L'année 1840 peut être considérée comme une année normale, par la raison que c'est à partir de cette époque seulement que le commerce a été admis à déposer des farines au genier d'abondauce et que ces farines figurent dans le relevé de l'approvisionnement.
14,060	125,506	125,558	
6,486	100,979	106,099	

chiffres moyens donnés dans cette colonne du tableau peuvent tre considérés comme exacts : mais, du reste, rien ne serait plus pour l'Administration que d'obtenir complétement, quand les stances le nécessiteraient, l'approvisionnement exigible des bous, indiqué dans la première colonne. Il faut d'ailleurs remarquer raison de l'importance de la consommation actuelle, le chiffre approvisionnement est d'environ 20,000 sacs au-dessous de ce evrait être dans l'esprit des réglements en vigueur.

3° *Comment pourrait-on réunir à Paris 20,000 bœufs et 150,000 moutons ?*

Les bestiaux destinés à cet approvisionnement devraient être de bonne nature, en bon état, mais non engraissés. S'ils étaient engraissés ils dépériraient rapidement.

Par le même motif, il faudrait éviter de tirer les bestiaux, destinés à cet approvisionnement, des contrées où il existe de gras pâturages : c'est dans les départements du centre et de l'est qu'ils devraient être achetés, et ces départements les fourniraient facilement.

Ces achats pourraient précéder d'un mois ou deux l'époque à laquelle leur réunion sous les murs de Paris serait jugée nécessaire ; on les répartirait en attendant dans les fermes de la partie du département de Seine-et-Oise située sur la rive gauche de la Seine, et même dans les départements d'Eure-et-Loir et de l'Eure.

20,000 bœufs et 150 000 moutons peuvent suffire à la consommation de trois mois. Il s'agit donc de les entretenir pendant cet espace de temps, sauf la réduction successive de leur nombre par la consommation.

C'est là que gît la grande difficulté. On ne peut pas penser à donner des abris à une si grande quantité de bestiaux ; il faudrait nécessairement les parquer et multiplier les parcs autant que possible, pour prévenir le développement des épizooties qui viendraient à se déclarer.

Ces parcs seraient établis, d'abord au delà des forts extérieurs, puis entre les forts et l'enceinte bastionnée, et, à la dernière extrémité, en dedans de l'enceinte.

Cependant, il est vraisemblable qu'il serait possible, en tout état de cause, de conserver un certain nombre de parcs au delà de l'enceinte, notamment dans l'espace compris entre l'avenue de Neuilly et le cours de la Seine, depuis Passy jusqu'à Neuilly.

4° *Quelle serait la quantité de fourrage nécessaire ?*

5° *Comment pourrait-on se le procurer, et en combien de temps ?*

6° *Ne pourrait-on pas nourrir les animaux avec de*

menus grains, ce qui diminuerait la quantité de fourrages nécessaires.

Ces trois questions doivent être résolues ensemble.

La ration d'un bœuf qui ne travaille pas peut être réduite à 5 kilogrammes de foin de toute espèce.

6 kilogrammes de paille,

Et 3 litres de menus grains.

M. Huzard, consulté sur ce point, pense que, pour entretenir en bon état un bœuf sans travail, la ration détaillée ci-dessus est indispensable.

La ration des moutons doit se composer de

1 kilogramme de foin,
1 kilogramme de paille,
3 décilitres de menus grains.

Il faudrait donc, pour 20,000 bœufs et 150,000 moutons, entretenus pendant 90 jours, et consommés graduellement, 45 jours de nourriture, soit

	FOIN.	PAILLE.	MENUS GRAINS.
	k	k	litres.
Pour les bœufs. .	4,500,000	5,400,000	2,700,000
Pour les moutons	6,750,000	6,750,000	2,025,000
Total......	11,250,000	12,150,000	4,725,000

Et, en réduisant le tout en bottes de 5 kilogrammes, pour les fourrages, et en hectolitres pour les menus grains, il faudrait :

2,250,000 bottes de foin,
2,430,000 bottes de paille,
Et 4,725,000 litres de graines.

Le tout ne fait pas le quart de la consommation annuelle de ces denrées dans Paris, et dans les communes de la banlieue qui seraient comprises dans l'enceinte bastionnée.

Le département de Seine-et-Oise pourrait fournir toutes les pailles nécessaires, et une quantité assez considérable de fourrages artificiels. Les bords de la Marne, ceux de la Haute-Seine et de ses affluents, fourniraient le surplus.

Ces fourrages, arrêtés à l'avance, pourraient être amenés à Paris en vingt-cinq ou trente jours.

7° Etudier les divers systèmes qui pourraient être combinés pour approvisionner Paris en viande.

La première idée qui se présente naturellement pour faciliter l'approvisionnement de Paris en viande, c'est de remplacer, dans une certaine proportion, la viande fraîche par la viande salée.

On pourrait facilement réduire à moitié l'approvisionnement en bœufs vivants, en salant les viandes de 5,000 bœufs, et en en remplaçant 5,000 autres par 20,000 porcs qu'on salerait aussi.

On diminuerait ainsi de moitié l'embarras assez grand de conserver sans altération une grande masse de fourrages et de les soustraire aux tentatives coupables de la malveillance.

Il serait facile, d'un autre côté, d'augmenter, dans une proportion très-considérable, l'approvisionnement ordinaire en saline (poisson salé), et notamment en morue; tout ce qu'on ajouterait ainsi à l'approvisionnement viendrait en déduction des viandes fraîches.

8° Combien y a-t-il de chevaux à nourrir dans Paris?

Un recensement fait en 1839 a constaté l'existence
de 17,469 chevaux dans Paris,
et de 18,774 *id.* dans les autres communes du département de la Seine.

Total 36,243

DES FORTIFICATIONS DE PARIS

CONSIDÉRÉES SOUS LE RAPPORT DE LA DÉPENSE.

Les dépenses qui sont nécessitées par l'exécution des fortifications projetées autour de Paris peuvent être rangées en trois classes bien distinctes, savoir :

L'acquisition des terrains.
Les travaux de terrassement.
Les maçonneries.

De ces trois natures de dépenses, une seule, celle que comporte l'acquisition des terrains, est encore un peu incertaine. Pour l'apprécier dès à présent, on aura recours aux résultats présentés par les acquisitions déjà faites pour le même objet, de 1831 à 1834. Quant aux mouvements de terre et aux maçonneries, il n'y a plus d'indécision à leur égard, attendu que ces deux espèces de travaux sont déjà adjugées, tant pour l'enceinte que pour la presque totalité des forts destinés à la couvrir.

ENCEINTE.

Acquisitions des terrains.

Le développement de l'enceinte, compté sur les côtés extérieurs des fronts (au nombre de 94), est de 33,165 mètres (1), et la surface de terrain à acquérir, est de 4 962,641

(1) Nous dirons plus loin que ces 33,165 mètres de côtés extérieurs correspondent à 38,600 mètres de développement effectif d'escarpe, mesurés sur le cordon. Les escarpes de Lille (corps de place et ouvrages extérieurs) ont 24,600 mètres de développement, et les contrescarpes

mètres carrés, sans comprendre neuf emplacements réservés dans l'intérieur, pour recevoir des établissements militaires, quartiers d'infanterie, de cavalerie, etc. La surface occupée par ces emplacements, est de 510,000 mètres carrés ; par conséquent la surface totale à acquérir, pour l'enceinte et ses dépendances serait de 5,472,641 mètres carrés, ou 547 hectares 26 arcs 41 centiares. Il faut défalquer de cette quantité la surface correspondante aux 4,300 mètres de développement d'enceinte, qui sont compris dans l'intérieur du bois de Boulogne, aux 350 mètres du parc de Neuilly, aux 400 mètres traversant l'emplacement choisi en 1832 pour le fort détaché dit *fort d'Orléans* ; enfin, aux 500 mètres d'enceinte traversant l'emplacement du *fort des Bruyères*, dans le même projet de 1832 ; en tout, 5,550 mètres courants d'enceinte, auxquels correspond une surface de 832,500 mètres carrés. Et, en défalquant des 5,472,641 mètres précédemment trouvés ces 832,500 mètres qui appartiennent déjà à l'État ou qui seront donnés gratuitement au département de la guerre par la liste civile, il reste 4,640,141 mètres carrés, ou 464 hectares 1 are 41 centiares.

De cette surface, une partie consiste en terrains tout à fait nus de constructions, et cultivés seulement avec la charrue ; une autre est exploitable en carrières à plâtre ; une partie est formée de jardins, ou plutôt de ce qu'on appelle des marais ; enfin, le reste, heureusement en faible proportion, sera pris dans les terrains bâtis.

De ce partage résulte, pour arriver à quelque chose d'un peu précis, la nécessité d'établir quatre valeurs distinctes pour le prix de l'hectare.

Les données certaines manquant encore, nous sommes

12,800 mètres. Ainsi, l'enceinte continue de Paris ne dépassera pas en grandeur la somme des escarpes de Lille, ajoutée aux contrescarpes de cette même place.

La comparaison avec Strasbourg présente, à 200 mètres près, le même résultat ; son corps de place équivaut à 20 fronts, et la citadelle à 5, de longueur à peu près pareille à celle des fronts projetés pour Paris. Le corps de place de Lille équivaut seulement à 16 fronts ; la citadelle en a 5.

obligés de nous reporter aux acquisitions faites il y a sept à huit ans, lorsqu'il fut question pour la première fois de fortifier Paris. A cette époque, les terrains nus et labourés furent payés par l'État 9,529 fr., que nous porterons à 10,000 fr. Les terrains exploitables en carrières furent payés 20,433 fr., que nous porterons à 25,000 fr. Les jardins ou marais, non *amaisonnés*, furent payés 26,455 fr., que nous porterons à 30,000 fr. Enfin, les terrains clos de murs et amaisonnés furent payés 111,970 fr. ; nous les porterons à 120,000 fr.

Pour faire la part de ce qui appartient à chacune des quatre espèces de terrain, dans les 464 hectares 1 are 41 centiares à acquérir pour la construction de l'enceinte, nous remarquerons :

1° Que l'on doit ranger dans les terrains de la première espèce : sur la rive droite, 500 mètres entre le petit Charonne et l'avenue de Vincennes, plus, 9,000 mètres entre la butte Saint-Chaumont et le parc de Neuilly ; sur la rive gauche, 2,000 mètres entre la haute Seine et la route de Villejuif, 1,500 mètres entre Gentilly et Montrouge, 2,000 mètres entre le petit Vanvres et Vaugirard, 1,000 mètres, enfin, entre ce village et la basse Seine ; en tout : 16,000 mètres courants de développement, faisant une surface de 240 hectares, auxquels il faut ajouter les espaces réservés pour les neuf établissements militaires, dont la surface est de 51 hectares. La surface totale des terrains de première classe est donc 291 hectares.

2° Que 1,000 mètres courants de développement près de la butte Saint-Chaumont et de Charonne, sont des terrains de la seconde espèce. Ces 1,000 mètres courants représentent une surface de 1 hectare 50 ares.

3° Que sur la rive droite, 2,500 mètres entre la haute Seine et Saint-Mandé, 1,000 mètres entre l'avenue de Vincennes et Charonne, 1,200 entre ce village et le parc des Bruyères, 500 entre ce parc et Belleville ; enfin 500 mètres près de la basse Seine, appartiennent à la troisième espèce de terrain.

Que, sur la rive gauche, 500 mètres entre la route de Villejuif et le village de Gentilly, et 1,000 mètres répartis de ce village à la basse Seine, appartiennent aussi à cette même troisième classe, dont le total est, par conséquent, de 7,200 mètres courants, faisant 108 hectares.

4° Qu'il ne reste à estimer comme terrain de quatrième espèce que 63 ares 51 ares 41 centiares ; observant encore, toutefois, qu'il y a exagération manifeste dans ce chiffre.

Passant de cette estimation en surface à la représentation en argent, on trouvera que les terrains de 1re espèce seront payés par.................................. 2,910,000 fr.

Ceux de 2e par........................	37,500
Ceux de 3e par........................	3,240,000
Ceux de 4e par........................	7,621,200
Total de la dépense des acquisitions.....	13,808,700

Ce chiffre, nous l'avons dit, est encore incertain ; peut-être les données qui nous ont conduits à ce résultat sont-elles encore trop faibles ; mais veut-on supposer que l'erreur soit du quart, du tiers, de la moitié ! cela voudrait dire seulement qu'il faudrait ajouter au nombre trouvé ci-dessus ou quatre ou cinq ou sept millions de francs, somme bien peu considérable comparativement à la dépense totale.

Ayant ainsi exposé ce que nous regardons comme les seules bases desquelles on puisse raisonnablement partir, dans l'état actuel de la question, nous allons passer aux évaluations des terrassements et maçonneries, deux choses sur lesquelles, comme nous l'avons dit, il ne peut rester d'incertitude.

On a vu que le développement de l'enceinte, compté sur les côtés extérieurs, était de 33,165 mètres ; ce développement, compté sur la magistrale de l'escarpe, c'est-à-dire en suivant les saillies et les rentrants des fronts bastionnés, est de 38,636 mètres.

Pour arriver à une évaluation aussi exacte que possible de la dépense, nous supposerons l'enceinte partagée en sections verticales d'un mètre d'épaisseur, et nous allons voir en détail ce que coûtera une de ces sections ; en d'autres termes, nous allons évaluer le prix d'un mètre courant d'encité. Ce prix, multiplié par 38,386, donnera le chiffre de la dépense totale.

Terrassements.

Les travaux de terrassement consistent dans l'excavation du fossé et de la place occupée par la maçonnerie de l'escarpe, puis dans le transport des terres de cette fouille pour former le glacis, le rempart et le parapet. Il va sans dire que les dimensions du fossé doivent être arrêtées de telle sorte que les déblais représentent exactement la quantité de terres nécessaire à la formation du remblai correspondant.

La profondeur moyenne de ce fossé est de six mètres, en contrebas du sol naturel; sa largeur moyenne est de 22 mètres cubes 42 centimètres; ce qui donne, par mètre courant, 184 mètres cubes 500 millimètres; la place occupée par les maçonneries d'escarpe et leurs contreforts est de 58 mètres cubes 500 millimètres; c'est donc un déblai de 193 mètres cubes qu'il faut faire.

La partie supérieure de ce déblai, celle qui est prise à fleur du sol, est portée en dedans de l'escarpe et répandue immédiatement sur le terrain. Cette partie n'est soumise qu'à un transport horizontal. A mesure qu'on s'enfonce, il faut élever la terre de la fouille, et en même temps la transporter horizontalement jusqu'au lieu qu'elle doit occuper. Enfin, le déblai pris au fond même du fossé est porté à la partie la plus élevée du parapet.

La crête de ce parapet est tenue à 8 mètres au-dessus du sol, et, par conséquent, à 14 mètres au-dessus du fond du fossé. On voit donc clairement qu'à la dernière époque de la fouille, on est obligé d'élever la terre à 14 mètres de hauteur.

Ainsi, le transport des déblais se compose de deux mouvements simultanément exécutés : le premier, qui les élève à la hauteur nécessaire; le second, qui les amène à la distance convenable, soit en avant pour former le glacis, soit en arrière pour masser d'abord le rempart, puis le parapet, couvrant les hommes et l'artillerie placés sur le rempart.

Au prix de ces transports, si l'on joint celui de la fouille, on aura la valeur totale des travaux de terrassement.

Le prix de la fouille est variable, selon que le terrain est plus ou moins dur. On règle ce prix d'après le nombre d'hommes employés, et l'on désigne les diverses natures de terre par ces termes : Terre à un homme, terre à un homme et demi, terre à deux hommes, à deux hommes et demi, suivant que l'ouvrier peut la prendre à la pelle et la charger immédiatement, ou qu'il faut un piocheur pour deux chargeurs, un piocheur pour un chargeur, trois piocheurs pour deux chargeurs, etc. Des expériences, répétées en aussi grand nombre qu'on veut, déterminent dans chaque localité la nature des terres.

Le prix du transport est réglé d'après la distance horizontale et d'après la hauteur verticale parcourues. Le transport se compte par *relais* ; un relais, en distance horizontale, est de 30 mètres, un relai, en hauteur verticale, est de 1 mètre 60 ; c'est-à-dire que l'on alloue le même prix, soit que la terre ait été portée horizontalement à 30 mètres de distance, soit qu'elle ait été élevée verticalement à 1 mètre 60 de hauteur.

Ces détails sont un peu minutieux ; mais nous avons cru devoir les exposer, pour faire bien comprendre qu'il n'y a rien d'arbitraire dans l'estimation, par avance, du prix des terrassements.

Il est facile aussi de comprendre qu'au lieu d'estimer ce que coûterait, pour un mètre courant d'escarpe, le transport de chaque mètre cube de terre en particulier, on peut ramener toutes ces opérations partielles à une seule, qui consiste à mesurer le chemin, en hauteur et en distance horizontale, que doit parcourir le centre du déblai.

Dans chacune des sections de l'enceinte, ce chemin parcouru correspond à quatre relais, que nous porterons à cinq, à cause de la difficulté qu'on éprouvera pour faire suivre toujours aux terres le chemin le plus court.

Les terrassements déjà entrepris sur divers points ont présenté des terres à deux hommes. D'après le relevé des bordereaux de prix auxquels sont adjugés les travaux de l'enceinte, le prix de la fouille d'une terre de cette nature est 86 cent.; le prix du transport pour chaque relais est 14 cent.

Par conséquent, dans une section quelconque de l'enceinte, le prix de *revient* de chaque mètre cube de terre déblayé et transporté au point qu'il doit occuper sera.................................. 1 fr. 06 c.

A quoi il faut ajouter, pour le damage et le régalage des terres, façon des talus, etc....... 0 20

Ensemble............................... 1 26

Que nous porterons à.......................... 1 fr. 30 c.

Le nombre de mètres cubes du déblai étant, par section, de 193, la dépense des terrassements, dans chaque section, sera de 250 fr. 90 cent, et pour les 38,686 mètres courants de l'enceinte, 9,693,772 fr.

Il faut remarquer que, dans l'estimation qui vient d'être faite pour les terrassements, on a supposé que, sur tout le développement de l'enceinte, on ne trouverait, dans le fossé, que de la terre meuble, ou du sable, ou du gravier. Or, en bien des endroits, il arrivera qu'on rencontrera le roc à une profondeur plus ou moins grande. Alors le travail de la fouille sera plus difficile, et, par conséquent, plus coûteux. Mais aussi, dans ce cas, le volume de la maçonnerie de l'escarpe deviendra moins considérable, ainsi qu'on l'expliquera plus loin, et en définitive il y aura une économie sensible, principalement par l'emploi comme moellons des pierres provenant du déblai.

Nous devons aussi faire observer que des rabais plus ou moins forts ont été souscrits par les divers entrepreneurs adjudicataires des travaux de l'enceinte. La moyenne de tous ces rabais est de 6 fr. 34 cent. pour 100 fr., ce qui ramène les 9,693,772 fr. trouvés plus haut, à 9,079,187 fr.

Maçonneries.

Le mur d'escarpe comprendra trois natures différentes de maçonneries.

Les fondations et le gros du mur seront en moellons ordinaires et mortier hydraulique, au prix de 21 fr. 53 c. le mètre cube.

Le parement en meulière, sur un mètre d'épaisseur, à 28 fr. 68 c. le mètre cube.

La tablette de couronnement et les chaînes d'angles saillants, au prix de 99 fr. 71 c. le mètre cube.

Dans chaque section d'escarpe correspondant à un mètre courant d'enceinte, la première espèce de maçonnerie entre pour 37 mètres cubes, et par conséquent pour.................... 796 fr. 61 c.

La seconde espèce entre pour 10 mètres cubes et pour............ 286 80

La troisième pour mètre cube 0,350, et pour................ 34 90

A ces éléments doivent être ajoutés, pour piquage et jointoiement de meulière 10 mètres carrés à 2 fr. 60 c.... 26 00

Enduit du côté des terres, 18 mètres carrés à 1 fr................ 18 00

Taille de la tablette et des pierres d'angle, mètres carrés 1,50 à 7 fr. 50 c. 11 25

Chape en mastic bitumineux, mètres carrés 3,70 à 4 fr. 75 c........ 17 58

Total.......... 1,191 fr. 14 c.

Qu'il faut diminuer de 6 fr. 34 c. pour 100 fr., rabais moyen des adjudications, et alors on arrive à..... 1,115 62

Pour les 38,636 mètres de toute l'enceinte, la dépense de la maçonnerie sera donc de.............. 40,103,094 fr. 00 c.

Ici doit se reproduire l'observation que nous avons faite au sujet des terrassements, quand nous avons dit que, dans beaucoup d'endroits, l'on trouverait le roc à une profondeur plus ou moins grande. Partout où cette circonstance se rencontrera, le mur d'escarpe, au lieu d'avoir sur toute sa hauteur son épaisseur normale de 3^m 50 moyennement, ne sera plus qu'un placage d'un mètre d'épaisseur, dans la partie appliquée contre le roc. Il est superflu d'insister sur l'économie qui en résultera, et que, du reste, on ne pourra apprécier que lorsque les fouilles auront reçu plus de développement.

Récapitulant les trois grandes masses de dépense dont on vient d'exposer le détail, on aura :

Acquisitions...........................	13,808,700 f.
Terrassements..........................	9,079,187
Maçonneries............................	43,103,094
	65,990,981

Mais ce chiffre ne représente pas encore complétement la dépense totale à laquelle conduira l'exécution de l'enceinte. Il faut y ajouter divers accessoires, qui sont :

1° Les cunettes dans les fossés et les canaux pour l'écoulement des eaux jusqu'à la Seine ;

2° La rue militaire ;

3° Les magasins à poudre ;

4° Les passages des portes.

Nous ne comprenons pas ici la dépense des quartiers d'infanterie et de cavalerie projetés sur les emplacements réservés dont il a été fait mention, attendu que ces quartiers rendront disponibles et permettront d'abandonner les casernements, pour la plupart si défectueux, de l'intérieur de Paris, et dont quelques-uns, appartenant à l'État, seront vendus fort avantageusement.

1° Cunettes, canaux d'écoulement des eaux.

Les chaussées et routes sont conservées pleines dans la traversée des fossés. Dès lors, il est nécessaire de pratiquer sous ces chaussées un petit canal en maçonnerie, dans le prolongement des cunettes. Il faudra de même traverser, par un aqueduc souterrain, le canal de l'Ourcq et le canal Saint-Denis. Le mètre courant de ces cunettes souterraines coûtera moyennement 40 francs. Il y en aura 3,000 mètres, ce qui fera une dépense de 120,000 francs.

Le fond du fossé au saillant du bastion (41), en avant des Batignolles, sera un point bas, où viendront se réunir les eaux d'une grande partie des fossés de droite et de gauche. De là, il faudra faire partir un canal d'écoulement qui conduira ces eaux à la basse Seine, entre Asnières et Saint-Ouen. Ce canal sera souterrain et aura un développement de 17 à 1,800 mètres. Le mètre courant de ce canal coûtera au plus 150 fr., y compris l'indemnité à payer aux propriétaires des terrains que l'on traversera. La dépense entière occasionnée par le travail des cunettes et canaux sera donc de 270,000 fr.

2° *Rue militaire.*

Il résulte des marchés déjà passée avec deux entrepreneurs pour la partie de la rue militaire comprise entre le village de Charonne et le canal Saint-Denis, que le mètre carré de pavé coûtera 8 fr.

Le mètre carré d'empierrement pour accotements, 2 fr. 50 c.

En supposant la route pavée sur une largeur de 5 mètres, et l'accotement de 2 mètres de chaque côté, il vient pour le mètre courant de route....... ..... 50 fr. 00 c.

En y ajoutant pour le réglement des terres, contrefossés, etc........................ 10 00

Et pour prix total du mètre courant..... 60 00

Le développement de la rue est de 32,000 mètres. Son prix total sera donc 1,920,000 fr.

3° *Magasins à poudres.*

Quatorze magasins de la contenance de 50,000 kilog. seront construits en dedans et près de l'enceinte, dix sur la rive droite et quatre sur la rive gauche.

Chacun d'eux peut être estimé à la somme de 65,000 fr., et les quatorze à 910,000 fr.

Cette évaluation n'est point arbitraire. On sait que le *logement* d'un kilog. de poudre coûte de 1 fr. 20 à 1 fr. 40, selon que les magasins sont plus ou moins grands.

4° Passages des portes.

Nous ne pensons pas qu'il faille, lors de la construction même de l'enceinte, s'occuper des portes à ménager sur les principales avenues. Nous entendons que celles-ci demeureront libres et conserveront toute leur largeur actuelle. L'escarpe serait fondée et élevée seulement jusqu'à la hauteur de la chaussée. La crainte d'une guerre survenant, on élèverait sur cette fondation, en briques ou en toute autre maçonnerie, un mur de 1 mètre 50 à 2 mètres d'épaisseur, dans lequel on ménagerait la baie nécessaire au passage des voitures. Ce mur n'aurait pas besoin d'être terrassé, couvert qu'il serait par les ouvrages en terre, qu'on élèverait au moment du besoin, devant chacune des portes ainsi ménagées.

Si l'on adoptait cette opinion, bien loin d'avoir à ajouter quelque chose pour les portes, on devrait, au contraire, réduire un peu ce que nous avons porté plus haut à l'article *maçonneries*; article dans lequel on suppose l'escarpe construite sans interruption, sur tout son développement.

Résumant toutes les dépenses que nous avons appelées accessoires, nous avons :

1° Cunettes et canaux........................	270,000 fr.
2° Rue militaire.............................	1,920,000
3° Magasins à poudre.........................	910,000
En tout......................................	3,100,000
Cette somme ajoutée aux...... que nous avons vus, ci-dessus, résulter de l'ensemble des trois masses principales dont se compose la dépense de l'enceinte, donnera pour le chiffre total....................	65,990,981 60,090,981

Forts.

Les forts étant des ouvrages isolés destinés à être abandonnés à eux-mêmes et à recevoir le premier choc de l'ennemi, sont construits d'une manière plus compliquée que l'enceinte, et par là même coûteront beaucoup plus cher, toutes proportions égales d'ailleurs. Indépendamment de leur escarpe qui aura partout 10 mètres de hauteur, ils auront encore des contrescarpes revêtues et enveloppées de chemins couverts ; leurs remparts seront casematés ; enfin, ils recevront dans leur intérieur des magasins à poudre et une caserne voûtée à l'épreuve de la bombe, pour une petite garnison habituelle de 5 à 600 hommes.

Sur la rive droite, plusieurs de ces forts, qui sont des carrés, notamment ceux de Nogent, Rosny et Noisy, auront, en avant du front qui regarde la campagne, une annexe qui ne sera autre chose qu'une partie des fortins construits en 1833, lesquels recevront un demi-revêtement qui les rendra plus respectables, et augmentera d'autant la résistance des forts projetés.

L'occupation de Charenton, qui a pour objet d'assurer la possession des deux ponts sur la Marne et sur la Seine, sera réalisée par la construction d'un fort pentagonal entre les villages de Maisons et d'Alfort.

L'occupation de Saint-Denis consistera en trois forts, dont un seulement sera tout à fait fermé, les deux autres n'étant que des têtes de pont ou de digues, en avant des inondations.

Sur la rive gauche, le fort du Mont-Valérien, beaucoup plus vaste que tous les autres, se compose de cinq grands fronts. Quant aux forts de Issy, Vanvres, Montrouge, Bicêtre et Ivry, ils se rapprochent, pour les dimensions, du fort de Charenton ou du fort de Nogent, suivant qu'ils sont pentagonaux ou carrés.

Ces généralités posées, nous allons, comme nous avons fait pour l'enceinte, passer à l'évaluation de la dépense. Nous commencerons par observer que, dans les adjudications déjà effectuées, il y a eu rabais pour les unes et surenchères pour les autres, de telle façon qu'il en résulte compensation, et qu'ainsi les prix moyens des bordereaux peuvent être appliqués sans corrections.

Acquisitions.

Pour les forts de Nogent, Rosny, Noisy et Romainville, la valeur des terrains à acquérir nous sera donnée plus exactement que pour l'enceinte, par la comparaison de ce qui a été effectivement exproprié et acquis dès 1832. Nous estimerons, d'après les mêmes bases, la valeur des terrains des autres forts, tant de la rive droite que de la rive gauche, et nous porterons l'hectare à .... 10,000 fr.

Les 33 hectares 35 ares du fort de Charenton, coûteront................	338,500
Les 15 hectares 11 ares du fort de Nogent....	151,100
Les 23 hectares 58 ares du fort de Rosny....	235,800
Les 26 hectares 98 ares du fort de Noisy...	269,800
Les 28 hectares 30 ares du fort de Romainville..................	283,000
Saint-Denis. Fort de l'Est, 38 hectares 24 ares..................	382,400
Saint-Denis. Digues et lunettes de Stains, 26 hectares 5 ares..........	260,500
Saint-Denis. Couronné du nord, 18 hectares 23 ares................	182,300
Saint-Denis. Fort de la Briche, 17 hectares 71 ares................	177,100
Mont-Valérien, 54 hectares 75 ares.......	547,500
Issy, 32 hectares 60 ares...............	326,000
Vanvres, 24 hectares...................	240,000
Montrouge, 24 hectares..................	240,000
Bicêtre, 26 hectares....................	260,000
Ivry, 28 hectares......................	280,000
Total..............	4,174,000

Terrassements.

Ainsi que nous l'avons fait pour l'enceinte, nous évaluerons la dépense des forts par mètre courant du développement des escarpes. On conçoit en effet que, quel que soit le tracé de chaque fort en particulier, il est cependant possible d'arriver, à cet égard, à une moyenne très-précise. Une fois cet élément déterminé, il suffira de le multiplier par la longueur développée du cordon de l'escarpe, pour obtenir la dépense totale qu'entraînera la construction d'un fort.

Des avant-métrés faits avec toute la rigueur désirable, et dans le plus grand détail, nous ont conduits à reconnaître que, par mètre courant de développement, il y a 263 mètres cubes de terre, lesquel estimés, comme pour l'enceinte, à 1 fr. 30 c. le mètre cube, représentent une dépense de 341 fr. 90 c.

Le développement du fort de Charenton est de 1,650 mètres ; par conséquent la dépense des terrassements sera de.. 564,135 fr.

Celui de Nogent.....	1,262 m.	la dépense..	431,478
Celui de Rosny.......	1,331	—	455,069
Celui de Noisy.......	1,256	—	429,426
Celui de Romainville.	1,720	—	588,068
Celui du fort de l'Est, à Saint-Denis, en y comprenant la lunette de Stains................	2,026	—	692,689
Celui du Couronné du Nord.................	1,162	—	397,288
Celui du fort de la Briche................	1,065	—	364,124
Les 2 digues au nord et au sud du fort de l'Est, ont ensemble un développement de 920 mètres ; elles contiendront, par mètre courant, environ 100 m. cubes de terres ; à 1 fr. 30 c. le mètre cube, la dépense sera de..................			119,600
		A reporter.....	4,041,877

Report... 4,041,877 fr.

Le développement d'escarpe du Mont-Valérien.	2,158 m.	la dépense.	737,820
Celui d'Issy.........	1,653	—	565,160
Le développement de l'escarpe du fort de Vanvres est de 1,502 mètres. Les terrassements coûteront..................................			513,534
Celui de Montrouge..	1,510 m.	la dépense.	516,269
Celui de Bicêtre.....	1,682	—	575,076
Celui d'Ivry.........	1,696	—	579,522

Résumant, on trouve que les terrassements de tous les forts coûteront................. 7,529,258 fr.

Maçonneries.

Nous distinguerons quatre éléments de dépense pour la maçonnerie des forts, savoir :

La maçonnerie d'escarpe proprement dite, pour l'estimation de laquelle nous renvoyons à ce qui a été dit en traitant de l'enceinte.

La maçonnerie des casemates.

La maçonnerie des contrescarpes et accessoires.

Enfin, les bâtiments militaires.

Chaque mètre courant d'escarpe proprement dite coûtera 1,191 fr.

A Charenton, le développement est de 1,650 mètres.

L'escarpe coûtera donc..............		1,965,150
A Nogent..............	1,262 mètres..	1,503,042
A Rosny..............	1,331........	1,585,221
A Noisy..............	1,256........	1,495,896
A Romainville.......	1,720.........	2,048,520
L'escarpe du fort de l'Est a un développement de 2,026 m. y compris la lunette de Stains : cette escarpe coûtera.........		2,412,966

A reporter... 11,010,795

Report.	11,010,795 fr.
L'escarpe du Couronné du nord a un développement de 1,162 m..............	1,383,942
Au fort de la Briche, 1,065............	1,268,415
L'escarpe du Mont-Valérien a un développement de......... 2,158 m.; elle coûtera	2,570,178
Au fort d'Issy....... 1,653 —	1,968,723
A celui de Vanvres... 1,502 —	1,788,882
A celui de Montrouge. 1,510 —	1,798,410
A celui de Bicêtre... 1,682 —	1,985,000
A celui d'Ivry....... 1,696 —	2,019,936
Total de la dépense pour les murs d'escarpe proprement dite.................	25,794,281 fr.

Aux forts de Nogent, Noisy et Romainville, il faut ajouter, pour revêtements d'escarpe et de gorge de la partie des anciens ouvrages disposés en annexe des forts nouveaux, savoir :

A Nogent, 680 mèt. cour. de 6 mèt. de haut, à 700 fr........................	476,000 fr.
A Rosny, 776 mèt. cour. à 700 fr.	543,200
A Noisy, 835 mèt......................	584,500
A Romainville, 680 mèt...............	476,000
En tout.......	2,079,700 fr.
Ce qui, avec le nombre trouvé ci-dessus de..................................	25,794,281
donne pour la dépense totale des escarpes proprement dites......................	27,873,981 fr.

Passons aux casemates.

Il a été jugé nécessaire et suffisant d'avoir, dans chaque fort fermé, 4 à 5,000 mètres carrés de surface casematée, c'est-à-dire à l'épreuve de la bombe, et pouvant recevoir, en temps de siége, la garnison et les munitions de toute espèce. Ces 5,000 mètres d'abris correspondent à 280

mètres courants de magistrale, les berceaux étant supposés perpendiculaires aux courtines. Les avant-métrés ont fait voir qu'il fallait compter sur 1,500 francs de dépense supplémentaire pour chacun de ces mètres courants, ce qui fait pour un fort.................... 420,000 fr.
et pour les douze forts fermés............ 5,040,000 fr.

Nota Le fort de la Briche et le Couronné du nord, à Saint-Denis, ne figurent pas dans cette évaluation ; ce ne sont que des ouvrages ouverts à la gorge, et non pas des centres de défense isolée.

Contrescarpes et réduits.

Les contrescarpes, avons-nous dit, seront revêtues ; elles auront 6 mètres de hauteur. L'épaisseur au sommet sera de 1 mèt. 20 cent. ; à la base elle sera de 1 mèt. 80 cent. Le volume de maçonnerie de meulière sera, par mètre courant, de 6 mètres cubes, lesquels, à 26 fr.

10 c. l'un, font..............................	156 f.	60 c.
La maçonnerie de moellons ordinaires cubera 5 mètres, qui, à 22 fr. l'un, font.......	110	00
La tablette de couronnement, la chape en bitume, l'enduit intérieur, etc..............	34	00
Total par mètre courant........	300	00

Pour le fort de Charenton, on aura 1,600 mètres courants de contrescarpe, lesquels, à 300 francs l'un,

donnent..................................	480,000
A Nogent, 1,200 mètres................	360,000
A Rosny, 1,280........................	384,000
A Noisy, 1,120........................	336,000
A Romainville, 1,590..................	477,000
Le fort de l'Est, à Saint-Denis, 1,750...	525,000
Le Couronné du nord, 1,102...........	330,600
A reporter.....	2,892,600

Report....	2,892,600 fr.
Le fort de la Briche, 1,000 mètres.......	300,000
Le Mont-Valérien, 2,035	610,500
Le fort d'Issy, 1,600.................	480,000
Le fort de Vanvres, 1,450	435,000
Le fort de Montrouge aura 1,450 mètres courants de contrescarpe, lesquels, à 300 fr. l'un, donnent	435,000
Bicêtre, 1,610......................	483,000
Ivry, 1,618	485,000
Total.........	6,121,500 fr.

A quoi il faut ajouter :

Les réduits dans les places d'armes et aux avancés, les escaliers ou pas-de-souris, le revêtement des rampes et des crochets de traverses ; les portes, ponts-levis et ponts dormants à l'entrée principale de chaque fort.

Les réduits généralement au nombre de deux pour chaque fort, coûteront 11,000 fr. chacun.

Il y en aura en tout 28 ou 30 qui occasionneront une dépense de.................................. 330,000 fr.

Les escaliers en pierre de taille, montant du fond des fossés dans les chemins couverts, cuberont chacun 3 mèt. cubes 150 millimètres, à 108 f. le mètre cube; il faut compter ensuite 19 mètres de parement vu à 4 f. 40 c., puis l'évidement qui se mesure au mètre cube et coûtera 12 fr. 36 c. pour un escalier. Tout cela porte le prix d'un escalier à 450 fr.

Il y en aura de 16 à 20 par front, en tout 250, qui représenteront une dépense de................ 112,500 fr.

Le revêtement des rampes et celui des crochets de traverses des chemins couverts, peuvent être évalués à 60 fr. par mètre courant. Il y en a 320 mètres courants dans chaque fort, ce qui fait pour un fort 19,200 fr.

Et pour les 14 forts..................... 268,800 fr.

Chaque pont-levis coûte de 6 à 7,000 fr. Il y en aura un par fort fermé, 12 en tout ; c'est donc une dépense totale de.................................... 84,000 fr.

Les portes à l'entrée des forts exigeront un surcroît de dépense, dont partie est déjà couverte, parce qu'on a supposé que le mur d'escarpe règne plein sans interruption.

Toutefois on doit compter, en sus de ce qui a été porté jusqu'ici, 5,000 fr. pour chaque porte principale, et 3,000 pour les petites portes donnant à l'extérieur. En tout 8,000 francs pour chaque fort fermé, et pour les 12 forts.................................... 96,000 fr.

Enfin les ponts dormants de chaque grande entrée. L'estimation de détail fait voir que chaque pont dormant (et il y en aura un par fort fermé), avec ses garde-fous en fer, ne coûtera pas moins de.................... 30,000 fr.
ce qui fait une somme de.................. 360,000 fr.

pour les 12 forts fermés.

En résumant ce qui concerne les maçonneries de toute nature, on trouve :

Pour l'escarpe proprement dite.........	27,873,981	fr.
Pour les casemates....................	5,040,000	
Pour les contrescarpes...............	6,121,000	
Pour les réduits de places d'armes, etc.	297,000	
Pour les escaliers et pas-de-souris.....	112,500	
Pour les revêtements des passages.....	268,800	
Pour les ponts-levis, ponts-dormatns et portes d'entrée.................	540,000	
Total.....................	40,253,281	fr.

Bâtiments militaires.

Ils consistent en corps-de-garde, magasins à poudre, casernes à l'épreuve pour 5 ou 600 hommes, et pavillons d'officiers.

Les corps-de-garde ne doivent point paraître ici comme

objet de dépense, parce qu'ils seront établis dans quelque partie des casemates déjà portées en compte.

Nous admettrons dans chaque fort fermé deux petits magasins à poudre de la contenance de 50,000 kilogrammes chacun.

D'après ce que nous avons dit plus haut, en parlant de l'enceinte, ces magasins coûteront 65,000 fr. chacun. Par conséquent, pour les douze forts fermés, ce sera une dépense de 1,560,000 fr.

Casernes.

Il y aura dans chaque fort fermé une caserne pour 500 hommes. Elle logera la garnison habituelle, que l'on ne peut pas laisser, en temps de paix, dans des casemates.

L'expérience fournie par les nombreuses casernes de ce genre, construites depuis quelques années, a fait connaître que le *logement* d'un homme, dans une caserne à l'épreuve, revenait à 475 fr., que nous porterons à 500 fr. Chacune de nos casernes coûtera donc 250,000 fr., ce qui, pour les 12 forts fermés, fera encore une somme de 3,000,000 fr.

Enfin, puisque nous logeons des soldats, il faut un pavillon pour recevoir des officiers. On suppose que ceux-ci seront au nombre de douze dans chaque fort, auxquels ajoutant un commandant de place, un garde d'artillerie et un garde du génie, il viendra un personnel de 15 individus qu'on pourra loger moyennant une dépense de 40,000 fr. Donc, pour les 12 forts fermés, la construction des pavillons d'officiers s'élèvera à 480,000 fr.

Routes stratégiques.

Aux dépenses dont on vient de donner le détail, il faut joindre encore celles qui concernent l'exécution des deux routes stratégiques ordonnées, l'une entre la Marne, près de Nogent, et la route d'Allemagne, près de Pantin ; l'autre entre Surêne et le Mont-Valérien. Ces deux routes ont ensemble un développement de 13,500 mètres, et, d'après les adjudications déjà passées, elles coûteront de 110 à 120 fr. le mètre courant, compris l'achat des terrains. La dépense montera donc à 1,600,000 fr.

Récapitulant tout ce qui concerne les forts, nous avons :

Pour les acquisitions de terrains.......	4,174,000 fr.
Pour les terrassements................	7,529,000
Pour les maçonneries d'escarpe, contrescarpe, etc........................	40,243,281
Bâtiments militaires..................	5,040,000
Routes stratégiques...................	1,600,000
Total de la dépense pour les forts.......	58,596,281 fr.

Frais généraux.

Nous comprendrons, sous ce titre, divers articles de dépenses relatives à l'ensemble des travaux de fortification de Paris, et qui n'ont pas trouvé place dans ce qui précède. Ainsi les travaux de baraquement, leur entretien, les achats d'outils, les dépenses de bureau, les frais de lever, les frais de gérance, etc.

Outils, frais de gérance, bureau, etc.

On doit estimer à 60,000 fr. la dépense annuelle des gérances, frais de bureau, achat d'instruments, opérations de nivellement et de lever. Les travaux devant durer cinq ans, c'est un total de........................	300,000 fr.
Outils. — Des ordres sont donnés pour un approvisionnement de 100,000 outils de terrassiers, sur lesquels 25,000 viennent des magasins de diverses places. C'est donc 75,000 outils neufs à acheter. La dépense sera de..	800,000
Une grande partie de cette dépense est déjà faite.	
Brouettes, tombereaux. — On a déjà fait confectionner 10,000 brouettes; l'approvisionnement doit être porté à 25,000; elles coûtent 12 fr. chacune, et en tout..........	300,000
Il faut compter 200 tombereaux ou camions, à 500 fr. l'un.....................	100,000
Total pour les outils, les frais de gérance, de bureau, etc........................	1,500,000

Baraquement.

Dés baraques ont été construites pour dix-neuf bataillons. Un vingtième bataillon doit être placé au village de Maisons-Alfort, dans une propriété prise à loyer. La dépense déjà faite monte à 3,000,000 fr. ; celle qui reste à faire peut être évaluée à 500,000 fr., à quoi il faut joindre encore 300,000 fr. pour l'entretien des baraques et la location des terrains pendant cinq ans.

Total pour le baraquement, 3,800,000 fr.

On ne doit pas perdre de vue que ce baraquement est destiné à recevoir des troupes employées aux travaux des fortifications, particulièrement aux terrassements. Et, bien que l'emploi des troupes aux grands travaux publics ne soit pas une cause d'économie considérable, cependant, il en résultera indubitablement une diminution réelle dans la dépense portée ci-dessus pour les dits terrassements.

Au reste, il faut reconnaître que l'appel de ces vingt bataillons à Paris a été une mesure prise plutôt dans l'intérêt de l'exécution même des travaux que dans un but d'économie, cette mesure ayant principalement pour objet d'empêcher les coalitions d'ouvriers civils, en mettant à même de les remplacer, le cas échéant, par des militaires.

En résumé, la dépense pour les frais généraux est de 5,300,000 fr.

RÉLEVÉ GÉNÉRAL.

La dépense pour l'enceinte monte (en nombre rond), à	69,100,000 fr.
La dépense pour les forts monte à	58,600,000
Les frais généraux s'élèvent à	5,300,000
Total	133,000,000

SERVITUDES.

1° *Enceinte.*

La Commission paraît s'être prononcée à l'égard de la

zone de servitudes. D'une part, elle la limite à 250 mètres, comptés à partir de la crête des glacis ; de l'autre, elle a décidé que cette zone ne serait point acquise par l'État, et qu'aucune indemnité ne serait allouée aux propriétaires pour la dépréciation dont leurs terrains se trouveront affectés par suite de la défense d'élever des constructions neuves et de réparer celles qui existent. Néanmoins, pour atténuer, autant que possible, les effets de cette servitude, qui pèserait principalement sur les constructions déjà existantes, la Commission a décidé que l'État ferait immédiatement l'acquisition de celles-ci. Des données, qui paraissent exactes, portent à 4,000,000 fr. ce que cette acquisition coûtera.

Il a été également décidé, toujours dans la vue de rendre les servitudes moins onéreuses à la propriété, qu'on acquerrait une bande de terrain de 100 mètres de large et de 250 mètres de long, à droite et à gauche des 35 principales avenues de la capitale. Ce sera donc 70 bandes, de deux hectares et demi chacune, c'est-à-dire, en tout, 175 hectares. En estimant l'hectare à 20,000 fr., on arrivera à une dépense de........................ 3,500,000 fr.

2° *Forts avancés.*

La Commission paraît avoir adopté, en principe, de ne donner aux forts, comme à l'enceinte continue, qu'une zone de servitudes de 250 mètres de profondeur. Nous pensons que c'est avec raison qu'elle en a agi ainsi. Cette étendue est suffisante, parce que les travaux d'attaque un peu périlleux s'exécutent tous à des distances plus rapprochées ; et que, d'ailleurs, les forts ne pourront pas même espérer de découvrir parfaitement, jusqu'à cette limite, le terrain généralement accidenté qui les environne.

Peu de constructions, déjà existantes, se trouvent dans l'étendue des zones de servitudes des forts. Mais si la Commission admettait à leur égard ce qu'elle a admis pour l'enceinte, c'est-à-dire, l'acquisition par l'état des bâtisses enclavées dans les zones, il y aurait à ajouter, pour cette dépense, une somme que, par aperçu, nous supposons être de 2,000,000 fr.

Ainsi, les dépenses auxquelles on serait entraîné par la question des servitudes s'élèveraient :

Pour l'enceinte à	7,500,000 f.
Pour les forts avancés à...............	2,000,000
Total.....................	9,500,000 f.

TABLEAU RÉCAPITULATIF

INDIQUANT LES DÉPENSES A FAIRE POUR CHAQUE PARTIE DES TRAVAUX DE FORTIFICATION DE PARIS.

Enceinte continue.

Acquisitions...............	13,810,000 f	69,100,000 f.
Terrassements...............	9,070,000	
Maçonneries de toute espèce.	43,370,000	
Rue militaire au pied du rempart..................	1,950,000	
Magasins à poudre.........	900,000	

Fort de Charenton.

Acquisitions...............	338,000	4,287,000
Terrassements...............	564,000	
Maçonneries de toute espèce.	2,965,000	
Bâtiments militaires........	420,000	

Fort de Nogent.

Acquisitions...............	151,000	3,853,000
Terrassements...............	432,000	
Maçonneries de toute espèce.	2,850,000	
Bâtiments militaires........	420,000	
	A reporter......	77,240,000

Report..... 77,240,000 f.

Fort de Rosny.

Acquisitions	236,000 f.	
Terrassements	455,000	
Maçonneries de toute espèce	3,041,000	4,152,000
Bâtiments militaires	420,000	

Fort de Noisy.

Acquisitions	270,000	
Terrassements	429,000	
Maçonneries de toute espèce	2,934,000	4,053,000
Bâtiments militaires	420,000	

Fort de Romainville.

Acquisitions	283,000	
Terrassements	588,000	
Maçonneries de toute espèce	3,467,007	4,758,000
Bâtiments militaires	420,000	

PLACE DE SAINT-DENIS.

Fort de l'Est, digues et lunettes de Stains.

Acquisitions	642,000 f.		
Terrassements	813,000		
Maçonneries de toute espèce	3,438,000	5,313,000	
Bâtiments militaires	420,000		

Couronne du Nord.

Acquisitions	182,000		
Terrassements	397,000		9,807,000
Maçonneries de toute espèce	1,751,000	2,330,000	

Fort de la Briche.

Acquisitions	177,000		
Terrassements	364,000		
Maçonneries de toute espèce	1,623,000	2,164,000	

A reporter...... 100,010,000 f.

	Report.......	100,010,000

Fort du Mont-Valérien.

Acquisitions..............	548,000	5,412,000
Terrassements............	738,000	
Maçonneries de toute espèce.	3,706,000	
Bâtiments militaires........	420,000	

Fort d'Issy.

Acquisitions.............	326,000	4,276,000
Terrassements............	565,000	
Maçonneries de toute espèce.	2,965,000	
Bâtiments militaires.......	420,000	

Fort de Vanvres.

Acquisitions.............	240,000	3,912,000
Terrassements............	514,000	
Maçonneries de toute espèce.	2,738,000	
Bâtiments militaires........	420,000	

Fort de Montrouge.

Acquisitions..............	240,000	3,924,000
Terrassements............	516,000	
Maçonneries de toute espèce.	2,748,000	
Bâtiments militaires.......	420,000	

Fort de Bicêtre.

Acquisitions..............	260,000	4,238,000
Terrassements............	575,000	
Maçonneries de toute espèce.	2,983,000	
Bâtiments militaires........	420,000	

	A reporter......	121,772,000

Report.......		121,772,000

Fort d'Ivry.

Acquisitions..............	280,000 f	4,300,000
Terrassements.............	580,000	
Maçonneries de toute espèce.	3,020,000	
Bâtiments militaires........	420,000	
Routes stratégiques......................		1,600,000
		127,672,000

Frais généraux.

Baraquement des troupes....	3,800,000	5,300,000
Outils, gérance, frais de bureau, etc..................	1,500,000	
TOTAL pour l'enceinte et les forts...		132,972,000

Soit : cent trente-trois millions.

Acquisitions de maisons et de terrains dans la zone de servitudes (pour l'enceinte et les forts)............................	9,500,000

DES FORTIFICATIONS DE PARIS,

Considérées sous le rapport du temps et du nombre d'ouvriers nécessaires à leur exécution.

Le projet général des fortifications de Paris, se compose, pour l'enceinte, de 94 fronts d'une longueur moyenne de 355 mètres, et de 14 forts ou ouvrages avancés, dont le développement est estimé équivaloir à celui de 61 fronts de l'enceinte.

De même qu'on s'était fort exagéré la dépense que devait entraîner une construction aussi vaste, de même on s'exagère encore aujourd'hui les difficultés qu'elle présentera, ainsi que le temps nécessaire pour la conduire à son terme. Ce temps ne dépend que du nombre d'ouvriers et de la quantité de matériaux que l'on pourra mettre à la fois en œuvre, et l'on verra, tout à l'heure qu'ils seraient loin de dépasser, pour un terme même assez rapproché, les ressources que présente le pays. Toutefois, on doit se hâter de dire qu'on ne saurait songer à l'exécution en une seule année de l'ensemble des fortifications de Paris, non que ce travail exigeât plus de ressources qu'on ne pourrait s'en procurer, mais parce qu'il serait impossible, dans un aussi bref intervalle, de les mettre convenablement en œuvre, et que même, y parvînt-on, l'on ne produirait qu'un ouvrage défectueux qui, pendant plusieurs années, exigerait de nombreuses réparations. L'appréciation suivante a donc été faite pour le cas où l'on voudrait terminer les travaux en deux années.

Terrassements.

Les terrassements devront se faire en deux périodes distinctes. Dans la première, on creusera l'emplacement de tous les murs et de leurs fondations ; dans la seconde, on achèvera le déblai des fossés, et l'on fera le remblai du rempart, en arrière du revêtement. Cette marche indique déjà qu'on ne saurait terminer ce travail en une seule année.

Le déblai total de chaque front sera d'environ 75,000 mètres cubes, dont l'extraction et la mise en place exigeront le travail simultané de sept hommes par atelier de 25 mètres de largeur (comptés sur le côté extérieur du front). Et comme, dans la journée, chaque atelier enlèvera environ dix (1) mètres cubes, il s'ensuit que le déblai total exigera, pour chaque front, 52,600 journées de terrassiers, ce qui, à raison de 500 journées de travail en deux ans, demandera qu'il y ait, pendant ce temps, 105 terrassiers employés sur chaque front.

En partant de cette donnée, les 94 fronts de l'enceinte

exigeront	9,870	terrassiers,
et les 61 fronts des forts, dont les terrassements seront un peu plus considérables, en exigeront	8,540	
Total	18,410	

que l'on portera en nombre rond à 20,000 terrassiers journellement employés aux fortifications.

Maçonneries.

Le cube total des maçonneries de chaque front sera d'environ 18,000 mètres, ce qui exigera sur les ateliers 18,000 journées de maçon et 18,000 journées de manœuvre. En supposant, comme pour les terrassements, que l'on travaille 500 journées dans le cours des deux années, on trouve qu'il suffit d'employer par jour 36 maçons et 36 manœuvres sur chaque front.

On aura donc pour les 94 fronts de l'enceinte :

	3,384	maçons,
et pour les 61 fronts des forts	2,196	
Total	5,580	

(1) D'après les bordereaux des prix relatifs aux adjudications déjà faites, il faudrait supposer que 15 mètres cubes sont enlevés chaque jour par atelier. Nous réduisons aux deux tiers, pour compenser le travail du damage, du régalage, et les faux mouvements de terres.

qu'on portera à.................... 6,000
Il faudra pareillement.............. 6,000 manœuvres.

Confection du mortier.

Le cube total des maçonneries étant de 18,000 mètres pour chaque front, le mortier à employer, à raison de mètre cube 0,400 par mètre cube, sera de 7,200 mètres par front et pour un jour, pour la même portion du travail, une consommation de 14 mètres cubes 400 millimètres.

Par conséquent :

	mètres cubes.
Pour les 94 fronts de l'enceinte....	1,353,600 par jour.
Pour les 61 fronts des forts.......	878,400
Total.........	2,232,000
portés à.........................	2,400,000

Ce qui exigera :

En sable......................	2,000 mètres cubes.
En chaux hydraulique..........	900 » »

La confection et l'arrivage de ces matériaux emploieront par jour :

5,000 manœuvres.
1,000 tombereaux.
2,000 chevaux.

Fourniture de la pierre.

Les maçonneries de chaque front se composeront de 14,000 mètres cubes de maçonnerie de moellons ordinaires, et de 4,000 mètres cubes de maçonnerie de pierre meulière. On peut, à la rigueur, négliger la pierre de taille qui n'entrera que dans une proportion fort minime. Ces maçonneries exigeront, à raison de 1 mètre 20 de moellons pour 1 mètre de maçonnerie, 19,200 mètres cubes de moellons, et 2,400 mètres cubes de pierre meulière.

Le moellon s'extraiera, généralement, à une assez petite distance des travaux, et quelquefois même à pied d'œuvre. On supposera que chaque tombereau, cubant au moins un mètre, pourra faire deux voyages par jour, et en estimant à 200 le nombre des journées de travail de chaque année, on verra qu'il faudra employer chaque jour 24 tombereaux sur chaque front.

Il faudra donc pour les 94 fronts de l'enceinte 2,256 tombereaux par jour, et pour les 61 fronts des forts. 1,464

Total. 3,720

Portés à 4,000
tombereaux, qui emploieront pour leur service. 8,000
chevaux. Le nombre des conducteurs sera de. 4,000
charretiers, et celui des ouvriers employés aux
carrières, de 8,000
carriers.

En faisant un calcul analogue pour la pierre meulière, et observant qu'à raison de l'éloignement des carrières, chaque voyage d'un tombereau exigera deux jours, on trouvera que chaque front devra employer 12 tombereaux, ce qui donnera pour les 94 fronts de l'enceinte. 1,128 tombereaux.
Et pour les 61 fronts des forts 732

Total... 1,860

Portés à	2,000 tombereaux.
Qui emploieront pour leur service...	4,000 chevaux.
Le nombre des conducteurs sera de.	2,000 charretiers.
Et celui des ouvriers employés aux carrières, de	1,000 carriers.

RÉCAPITULATION *des ouvriers et des matériaux à employer, par jou[r] pour pouvoir terminer en deux ans la construction des fortifications [de] Paris.*

Terrassiers, manœuvres, carriers et charretiers.	ENCEINTE.	FORTS.	TOTAUX.
Pour le déblai des fossés....	11,000	9,000	20,000
Pour les maçonneries......	3,500	2,500	6,000
Pour la confection du mortier..................	3,000	2,000	5,000
Pour l'extraction et le transport des moellons.......	6,000	4,000	10,000
Pour l'extraction et le transport des pierres meulières.	1,200	800	2,000
TOTAUX....	24,700	18,300	43,000
Maçons.......	3,500	2,500	6,000
Chevaux.			
Pour le transport du sable, de la chaux et du mortier.	1,200	800	2,000
Pour le transport des moellons................	5,000	3,000	8,000
Pour le transport de la pierre meulière..............	2,500	1,500	4,000
TOTAUX...	8,700	5,300	14,000
Tombereaux.			
La moitié du nombre des chevaux..................	4,350	2,650	7,000

Mortier.	ENCEINTE.			FORTS.			TOTAUX.		
	Sable.	Chaux	mortier	Sable.	Chaux.	mortier	Sable.	Chaux	mortie[r]
	m. c.	m. c.	m. c.	m. c.	m. c.	m. c.	m. c.	m. c.	m. [c.]
Pour la confection des maçonneries................	1,100	550	1,450	900	350	950	2,000	900	2,40[0]

	ENCEINTE.	FORTS.	TOTAUX.
Moellons.	m. cub.	m. cub	m. cub
Pour la construction des murs	4,400	5,600	7,000
Pierre-meulière.			
Pour la construction des parements................	1,200	800	2,000
RÉSUMÉ PAR JOUR :			
Terrassiers, manœuvres, carriers et charretiers......	24,700	18,300	43,000
Maçons..................	3,500	2,500	6,000
Chevaux..................	8,700	5,300	14,000
Tombereaux..............	4,350	2,650	7,000
Mortier confectionné (m. c.).	1,450	950	2,400
Moellons ordinaires (*Id.*)	4,400	2,600	7,000
Pierre meulière. (*Id.*)	1,200	800	2,000

Les 43,000 ouvriers terrassiers, manœuvres, charretiers et carriers se trouveront facilement dans les environs de Paris, surtout si l'on fait concourir la troupe aux ouvrages de terrassement. Il en est de même des 6,000 maçons, qu'on trouverait au besoin sur les lieux, et qui, d'ailleurs, arriveront de tous les points de la France, lorsque l'ouvrage leur sera assuré pour deux ans. Mais il ne sera peut-être pas aussi facile de se procurer les 14,000 chevaux nécessaires au transport des matériaux ; et, bien que le nombre en puisse être notablement réduit, par suite des arrivages qui s'effectueront par bateaux, il est à craindre qu'ils ne puissent difficilement être réunis pour un service unique qui ne devra pas interrompre les approvisionnements ordinaires de Paris. Quant aux matériaux, leur fourniture sera naturellement subordonnée aux moyens de transport.

Si donc il n'y a pas impossibilité absolue d'exécuter en deux ans les travaux des fortifications de Paris, il y aurait au moins gêne sous le rapport des transports, et, de plus, on fera observer qu'on n'a pas tenu compte dans les calculs précédents d'une foule de travaux accessoires qui ne pourront pas tous s'exécuter simultanément avec les travaux principaux, et qui nécessairement laisseront de la besogne pour une troisième année. Tels seront les talutages, l'empierrement de la rue du rempart, les chapes des casemates, les rejointoiements, etc. On n'a pas tenu compte non plus des travaux souterrains à exécuter dans les carrières, des difficultés que les fondations présenteront dans plusieurs localités, des accidents même qui surviendront et que la prudence la plus éclairée ne saurait toujours prévenir ; enfin, on a négligé les causes de retard provenant, soit de la négligence, soit de l'incapacité, soit de l'insolvabilité des entrepreneurs. On croit donc sage de fixer à trois années au moins la durée de l'exécution totale des travaux, et encore devra-t-on s'attendre à avoir quelque reste d'ouvrage à terminer dans la quatrième année.

En admettant qu'on doive employer trois années à l'achèvement entier des travaux, supposés poussés avec une activité sensiblement uniforme, le nombre des ouvriers et la quantité de matériaux nécessaires chaque jour seraient donnés par le tableau ci-dessous. Ce tableau se rapporte spécialement à la première année. Pour les deux années suivantes, il n'y aura guère de modifications à apporter qu'au nombre des terrassiers, lequel nombre pourrait être de 15,000 la seconde année, tant pour l'enceinte que pour les forts, et de 5,000 pendant la troisième année : ces 5,000 terrassiers seront surtout occupés au talutage des parapets.

	ENCEINTE.	FORTS.	TOTAUX.
Terrassiers	11,000	9,000	20,000
Manœuvres, carriers et charretiers	9,000	6,300	15,300
Maçons	2,300	1,700	4,000
Chevaux	5,300	3,800	9,100
Tombereaux	2,900	1,750	4,650
Mortier confectionné (mètres cubes)	370	630	1,000
Moellons ordinaires (m. cubes)	2,930	1,730	4,660
Pierre meulière (mètres cubes)	800	550	1,350

Malgré qu'il n'y ait point de meulière à employer dans les fondations, exécutées en entier la première année, on n'a pas cru devoir, dans le tableau qui précède (lequel n'est, au reste, qu'une indication), répartir autrement que par tiers les matériaux de diverses natures qui entreront dans les maçonneries.

Il serait aisé d'apporter au même tableau les modifications qu'entraînerait la condition de ne parachever les fortifications de l'enceinte et des forts que dans le délai de quatre ou même de cinq années.

A. HENRY, imprimeur de la Chambre des Députés, rue Gît-le-Cœur, 8. (Janvier 1841.)

www.ingramcontent.com/pod-product-compliance
Ingram Content Group UK Ltd.
Pitfield, Milton Keynes, MK11 3LW, UK
UKHW021040230726
13926UKWH00004B/1575